AF295063

Maxine Henderson hat seit ihrer Jugend unzählige heitere Liebesromane verschlungen, bis sie sich vor einer Weile die Frage gestellt hat: "Kann ich nicht auch so etwas schreiben?" Die Antwort liefert sie selbst: Sie kann. Mit der Geschichte rund um Fionas Fingerhutladen hat sie ihr Debüt verfasst, und dabei soll es nicht bleiben. Vor allem durch ihren Job bei einem großen Immobilienmakler in Manchester lernt sie immer wieder interessante Menschen kennen, die sie zu neuen Geschichten inspirieren. Wenn sie in ihrer Freizeit nicht liest oder schreibt, ist sie gern mit ihren beiden Dackeln Laurel und Hardy in der Natur unterwegs.

MAXINE HENDERSON

Fionas kleiner Laden in Crescent Bay

Ein romantischer Wohlfühlroman

Erstausgabe Mai 2025

Copyright © 2025 dp Verlag, ein Imprint der
dp DIGITAL PUBLISHERS GmbH
Made in Stuttgart with ♥
Alle Rechte vorbehalten

Fionas kleiner Laden in Crescent Bay

ISBN 978-3-98998-891-0
E-Book-ISBN 978-3-98998-349-6

Covergestaltung: Larissa Siepmann
Umschlaggestaltung: Christin Peulecke
Unter Verwendung von Abbildungen von
shutterstock.com: © kikk, © ILYA AKINSHIN, © oksana2010,
© Pierre Leclerc, © Leene, © Foto Para Ti, © Ivan Kovbasniuk,
© Kedardome
adobe.stock.com: © Sasha Strekoza

Lektorat: Katrin Gönnewig
Satz: dp DIGITAL PUBLISHERS GmbH
Druck und Bindung: Books on Demand GmbH, Norderstedt

Kapitel 1

Crescent Bay war für Fiona Freeman immer ein magischer Ort gewesen. Ihren Namen verdankte die Bucht in der südwestlichen Ecke von England der Tatsache, dass sie einen nahezu perfekten Halbkreis bildete. Der fast weiße Strand lief an beiden Enden spitz zu, und aus der Vogelperspektive betrachtet sah das Ganze wie eine Mondsichel aus.

Wenn ihre Eltern mit ihr einen Teil der Sommerferien hier verbrachten, war das für sie die schönste Zeit im Jahr gewesen. So schön, dass ihre Freundinnen ihr kaum gefehlt hatten, was auch dadurch begünstigt wurde, dass sie in Crescent Bay ebenfalls eine Freundin gewonnen hatte, die gleichaltrige Leslie Robinson.

Bis sie fünfzehn war, hatte sie von klein auf jedes Jahr drei Wochen dort verbracht. Von Seiten ihrer Eltern war es weniger die Begeisterung für Crescent Bay im Besonderen oder das Meer im Allgemeinen gewesen als vielmehr die praktische Erwägung, dass Fionas Tante Beverly – die ältere Schwester ihrer Mutter – in Crescent Bay lebte und ihr Haus fast direkt am Strand lag. Und dass der Urlaub so zum Spottpreis zu haben war, da ihre Tante von der eigenen Verwandtschaft kein Geld für das kleine Gästezimmer nehmen wollte, das sie hin und wieder an Touristen vermietete. Es war immer schwierig gewesen, sie in diesen drei Wochen dazu zu überreden, sich von Fionas Eltern ab und zu zum

Essen einladen zu lassen, die sich so für die Gastfreundschaft erkenntlich zeigen wollten. Genauso hatte es intensiver Überredungskünste bedurft, sie davon abzuhalten, Fionas Eltern Geld für die Einkäufe im Supermarkt zu geben – dabei waren es genau die drei Köpfe mehr in ihrem Haus gewesen, die jeden Tag über die Vorräte in der Speisekammer und über den Inhalt des Kühlschranks hergefallen waren und für die gähnende Leere gesorgt hatten, die schnellstens wieder gefüllt werden musste.

Und dann, nachdem Fiona gerade sechzehn geworden war, sprach auf einmal niemand mehr von Crescent Bay – und auch nicht von ihrer Tante Beverly. Es musste irgendeinen Streit gegeben haben, der dazu geführt hatte, dass ihre Mutter nicht mehr mit ihrer Schwester redete und dass Beverly zu einem Tabuthema in der Familie wurde. Genauso wurde nicht mehr über Crescent Bay gesprochen, und wenn es sehr selten doch einmal zur Sprache kam, dann war es „dieses Dorf", und ihre Tante war bestenfalls noch „diese Frau". Ein paar Mal hatte Fiona damals noch nachgefragt, was denn vorgefallen war, aber nie eine Antwort erhalten.

Seitdem hatte Fiona jedes Jahr mit dem Gedanken gespielt, auf eigene Faust zu ihrer Tante zu fahren, Urlaub am Meer zu machen und ihre Freundin wiederzusehen. Mit dem Zug und dem Überlandbus und später mit dem eigenen Auto wäre das kein Problem gewesen, aber es war ihr gutes Verhältnis zu ihren Eltern gewesen, das sie letztlich immer wieder davon abgehalten hatte. Sie wollte einfach nicht zwischen die Fronten geraten, solange sie nicht wusste, was der Grund für das Zerwürfnis war. Wäre sie nach Crescent Bay gefahren, hätte es für ihre Eltern so ausgesehen, als würde sie Partei für ihre Tante ergreifen. Diesen Eindruck wollte sie vermeiden, denn es reichte schon, dass zwischen ihren Eltern und ihrer Tante böses Blut herrschte. Da musste sie nicht auch noch ins Visier geraten.

Ziemlich genau zehn Jahre waren verstrichen, bis Fiona jetzt schließlich doch wieder in den Südwesten des Landes nach Crescent Bay gereist war. Der Anlass war alles andere als erfreulich, auch wenn die Geräuschkulisse aus Meeresrauschen und dem Kreischen der Möwen einen ganzen Schwall an schönen Erinnerungen in ihr wach werden ließ.

Viel hatte sich in diesen zehn Jahren im Dorf am Meer nicht verändert, wie sie erfreut feststellte, als sie ihren alten Vauxhall in der Einfahrt gleich neben dem Haus ihrer Tante abgestellt hatte und ein paar Schritte Richtung Strand gegangen war. Während anderswo ganze Straßenzüge abgerissen worden waren, um modernen, luxuriösen Beton- und Glasklötzen zu weichen, mit denen die Landschaft rücksichtslos verschandelt wurde, war der alte Charme des Strandbads noch zu spüren. Zwar hätten die Häuser entlang der Promenade einen frischen Anstrich gebrauchen können, da die Fassaden inzwischen ein wenig blass wirkten. Aber es änderte nichts an der Gemütlichkeit und Behaglichkeit, die diese kleinen Gebäude ausstrahlten, die nur aus Erdgeschoss mit Ladenlokal und erstem Stock bestanden. Die Flachdächer sorgten dafür, dass man auch in der Häuserzeile dahinter, die entlang der ziemlich steil ansteigenden Straße stand, freie Sicht auf die See hatte. Gewöhnungsbedürftig war noch immer der Anblick des Hotels auf der Spitze der nördlichen Landzunge, das bezeichnenderweise den Namen *Hotel On The Rocks* trug und immer schon wie ein Fremdkörper gewirkt hatte.

Die deutlichste Veränderung betraf die Straße, die zwischen der vordersten Häuserzeile und dem tiefer gelegenen Strand verlief. Die war in eine Fußgängerzone umgewandelt worden. Lediglich die Hauseigentümer, die einen Stellplatz oder eine Garage auf ihrem Grundstück besaßen, durften diesen Bereich jederzeit befahren, während die Lieferanten spätestens um zehn Uhr morgens das Feld räumen mussten ... oder zumindest sollten, denn so genau ließ sich das Entladen nicht im Voraus planen.

Hinter dieser Promenade führte eine einzige Straße in einem steilen Zickzackkurs aus der Bucht hinaus, was Crescent Bay so aussehen ließ, als hätte ein Riese die Häuserzeilen säuberlich übereinandergestapelt. Da diese eine Straße schmal war und zudem der große Parkplatz links vom Strand durch die Einrichtung der Fußgängerzone nicht mehr angefahren werden konnte, war das Parken im Dorf nur noch den Anwohnern erlaubt. Touristen mussten oberhalb der Klippe parken und konnten von dort mit einem kleinen Shuttlebus zum Strand gelangen, sofern sie nicht zu Fuß gehen wollten. Tatsächlich war es möglich, relativ schnell von der Klippe ans Meer zu gelangen, da es zwischen zahlreichen Häusern unterschiedlich breite, mal steilere, mal flachere Treppen gab, die die Straßenabschnitte miteinander verbanden.

Die beiden breiten Treppen, die von der Promenade hinunter zum Strand führten, waren jetzt robuste Stahlkonstruktionen, die zwar im Verhältnis zu allem anderen etwas zu modern erschienen, aber wohl die einzig sinnvolle Lösung waren. Schon als ihre Eltern mit ihr das erste Mal hier Urlaub gemacht hatten, waren die Holztreppen durch Wind und Wetter und Salzwasser in einem nicht sehr vertrauenswürdigen Zustand gewesen, der sich mit der Zeit immer weiter verschlechtert hatte. Von Jahr zu Jahr hatte sie mitverfolgen können, wie hier und da Ausbesserungen vorgenommen wurden, aber wahrscheinlich war irgendwann das Holz so marode geworden, dass man nur noch alles hatte abreißen und neu bauen müssen.

Von der See wehte wie fast immer ein kühler Wind an Land, der im Sommer normalerweise angenehm erfrischend war. Jetzt aber bewirkte er das Gegenteil, da es bislang ein kalter und verregneter Sommer gewesen war. Nach Ansicht der Meteorologen sollte es auch noch eine Weile so bleiben, was Fiona sogar ganz recht war, wenn sie darüber nachdachte, wie viel Arbeit in den nächsten zwei oder drei Wochen vor ihr lag.

Sie drehte sich vom Strand weg und betrachtete das Haus ihrer Tante mit dem Ladenlokal, an dessen Schaufenster fast schon großspurig der Schriftzug Antiquitäten prangte. Antik war in dem Laden nichts gewesen, allerhöchstens die klobige Registrierkasse mit den eingeprägten verschnörkelten Blumenmustern. Beverly hatte mehr oder weniger einen Secondhandladen betrieben, in den sich auch schon mal die eine oder andere Jugendstil-Lampe verirrt hatte – ohne je wieder den Weg nach draußen zu finden, da kein Kunde den

Weg in das Geschäft fand, der daran Interesse hatte. Überhaupt hätte ihre Tante von den Einnahmen nie ihren Lebensunterhalt bestreiten können, doch das hatte sie auch nie gemusst. Dank einer beachtlichen Summe aus der Lebensversicherung, die ihr nach dem Tod ihres Mannes ausgezahlt worden war, hatte sie das Geschäft als Hobby betreiben können.

Im Schaufenster, das mit allem möglichen Krimskrams vollgestopft war, hing ein Schild mit den Öffnungszeiten, das über die Jahre hinweg so verblasst war, dass nicht mehr erkennbar war, von wann bis wann man das Geschäft hätte besuchen können. An der Glasscheibe der Eingangstür klebte ein Zettel mit der Aufschrift „Bin um 14 Uhr zurück", vermutlich die letzte Amtshandlung ihrer Tante an jenem Tag vor drei Monaten, als sie auf dem Weg zum Mittagessen mit einer Bekannten nach wenigen Schritten tot zusammengebrochen war.

Unwillkürlich sah Fiona auf ihre Armbanduhr. Viertel nach zwölf. Sie war zu früh dran. Leslie würde erst gegen ein Uhr von einem Termin irgendwo außerhalb nach Hause kommen, und bei ihr lag der Schlüsselbund für Beverlys Haus. Sie würde sich also noch gedulden müssen, und um die Zeit zu überbrücken, würde sie keine Abkürzungen über eine der Treppen nehmen, sondern dem Straßenverlauf folgen, um bis fast ganz nach oben zu gelangen, wo Leslie wohnte.

Sie freute sich schon auf das Wiedersehen, auch wenn sie in den letzten zehn Jahren immer in Kontakt geblieben waren – anfangs per Mail, Telefon und Facebook, später dann per Skype auf dem Notebook und dem Smartphone. Es war also nicht so, als würde eine der anderen nach all den Jahren zum ersten Mal wieder in die Augen schauen können. Aber es war doch ein großer Unterschied, ob man sich auf dem Display seines Handys sah oder ob man sich gegenüberstand, sich die Hand reichen und sich um den Hals fallen konnte.

Auf dem Weg nach oben kamen ihr ab und zu ein paar Touristen entgegen, von denen manche einen leicht erschöpften Eindruck machten, weil sie wohl unterschätzt hatten, wie weit der Weg war, wenn man der einzigen Straße folgte – und anscheinend auch nichts von den Abkürzungen wussten, die zugegebenermaßen mehr etwas für Eingeweihte waren, da es keinen Hinweis gab, wohin diese Treppen führten und ob sie überhaupt jeder benutzen durfte.

Sie sah auch den einen oder anderen Einheimischen, manche sahen aus dem Fenster, andere verließen gerade ihr Haus oder trugen Einkaufstaschen aus dem Kofferraum ihres Autos nach drinnen. Hin und wieder glaubte sie, jemanden von früher wiederzuerkennen, aber sie war sich nicht absolut sicher. Dass keiner von ihnen Fiona wiedererkannte, war nur zu verständlich. Erstens waren hier viele Monate im Jahr Touristen unterwegs, zweitens war sie damals zuletzt erst fünfzehn gewesen. Wer würde da schon sagen: „Hi, bist du nicht die Dings von damals?"

Hin und wieder blieb sie stehen und genoss an einer freien Stelle den Blick auf die Bucht und das Meer dahinter. Ja, sie konnte sich gut vorstellen, hier zu leben, auch wenn sie damit nicht nur räumlich Welten von ihrem jetzigen Zuhause in Canterbury entfernt sein würde. Daheim musste sie nur bis zur nächsten Querstraße gehen und fand alles vor, was eine gute Einkaufsstraße bieten musste, wenn sie ein komplettes Stadtviertel versorgen wollte: zwei Supermärkte, ein Postamt, Imbissbuden, Restaurants, einen Pub, zwei Cafés, mehrere Bäcker und einmal in der Woche einen Markt.

In Crescent Bay gab es das alles nicht, weil jeder versuchte, an den Touristen zu verdienen, während die Dorfbewohner keine Rolle zu spielen schienen. Wenn man hier etwas Alltägliches wie eine Druckerpatrone oder einen Kopfsalat brauchte, musste man ein paar Meilen ins Landesinnere zu einem vergleichsweise großen und gut sortierten Einkaufscenter fahren. Es war aber ein Preis, den sie zu zahlen bereit gewesen wäre, wenn sie in Crescent Bay oder in der näheren Umgebung eine Arbeitsstelle hätte finden können, die sie genauso forderte und die angemessen bezahlt wurde. Die Chancen dafür standen allerdings erdenklich schlecht.

Vor dem Haus angekommen, in dem Leslie wohnte, beschloss sie, sich einfach auf die kurze Treppe vor der Haustür zu setzen und zu warten. Sie war froh, in Leslie wenigstens einen Menschen zu kennen, der hier lebte. Leslies Eltern waren vor ein paar Jahren nach Glasgow gezogen, nachdem Leslies Mutter nach einem langen Rechtsstreit jener Landsitz zugesprochen worden war, den ihr älterer Bruder sich nach dem Tod ihrer Eltern unter den Nagel gerissen hatte. Leslie wollte nicht auf einem Landsitz leben, wo noch weniger los war als in Crescent Bay. Hier war ihr Zuhause, und hier hatte sie einen gut bezahlten Job als Kellnerin im extrem gut besuchten Restaurant *His Master's Sauce*. Das Lokal lockte das ganze Jahr hindurch Gäste aus nah und fern an, seit es sich vor einer Weile in einer mehrteiligen Fernsehshow gegen rund zwanzig Mitbewerber durchgesetzt und seitdem so etwas wie Kultstatus erlangt hatte.

Ein kompakter schwarzer Audi hielt an und rangierte in die Lücke vor dem Haus. Dann stieg eine Frau mit rotem Lockenkopf aus und ging um den Wagen herum.

„Hi, Leslie", sagte Fiona, die inzwischen aufgestanden war.

Die andere Frau blieb stehen und stutzte, dann musterte sie Fiona von Kopf bis Fuß. „Wer sind Sie denn?"

Fiona erschrak und beteuerte: „Ich bin's, Leslie. Fiona. Fiona Freeman."

Leslie schüttelte den Kopf. „Nein, tut mir leid. Fiona hat lange blonde Haare. Die trägt nicht so ein Gestrüpp da auf dem Kopf."

Fiona gab ihr lachend einen Klaps auf den Arm, dann fielen sich die beiden um den Hals. „Verflucht, jetzt habe ich doch tatsächlich für einen Moment wirklich geglaubt, du hättest mich nicht wiedererkannt."

„Gut zu wissen, dass ich dich immer noch reinlegen kann", meinte Leslie und strahlte über das ganze Gesicht. „Und jetzt erklär mir endlich deine Haare", drängte Leslie sie.

„Ach, weißt du, ich habe mich auf einmal daran erinnert, wie sehr es mich früher immer genervt hat, wenn der Wind am Strand mir ständig die Haare zerzaust hat, und irgendwie hielt ich das für eine passende Gelegenheit, mal einen neuen Look zu testen."

„Steht dir gut", fand Leslie. „Nur schade, dass der Anlass für die neue Frisur und für deinen Besuch kein fröhlicher ist. Ich kann es noch immer nicht so richtig glauben, dass Beverly jetzt schon seit drei Monaten tot ist."

„Mir kommt es so vor, als wäre es erst gestern gewesen", murmelte Fiona. „Ich war vorhin unten vor ihrem Haus, und irgendwie kam es mir so unwirklich vor."

„Das kann ich dir gut nachfühlen. Vor allem mit dem Zettel in der Tür, dass sie um zwei wieder da sein wird." Leslie kramte in ihrer Handtasche nach ihrem Hausschlüssel. „Übrigens hatte ich eigentlich damit gerechnet, dass deine Mum und dein Dad herkommen und sich um alles kümmern. Immerhin war sie die Schwester deiner Mum."

„Vermutlich hätte sie das trotz allem auch gemacht, wenn es nötig gewesen wäre", antwortete Fiona und ging einen Schritt zur Seite, damit ihre Freundin zur Haustür gehen konnte. „Aber wie sich dann herausgestellt hat, muss sie das nicht machen."

„Sie muss das nicht machen?", wiederholte Leslie verwundert. „Und stattdessen musst *du* es machen? Du musst das Haus entrümpeln und einen Käufer finden?"

„Das *muss* ich nicht. Das *kann* ich machen, wenn ich das will", sagte sie lächelnd. „*Ich* habe es nämlich geerbt."

Kapitel 2

„Was?", rief Leslie. „Du hast das Haus deiner Tante geerbt? Da unten am Strand?"

„Davon gehe ich aus, dass es *das* Haus ist", antwortete Fiona und fügte augenzwinkernd hinzu: „Jedenfalls ist mir nicht bekannt, dass meine Tante noch andere Häuser besessen hat. Wenn der Schlüssel, den du verwahrt hast, auf diese Haustür passt, dann ist es jedenfalls das richtige."

Leslie reagierte mit einem breiten Grinsen. „Vielleicht ist es ja ein Generalschlüssel für das und die anderen vier Häuser, von denen sie euch nichts gesagt hat."

„Danke, aber mir wird es schon reichen, mich mit einem einzigen Haus zu befassen", sagte Fiona und folgte ihrer Freundin nach drinnen.

Nichts erinnerte mehr an das Haus, in dem Leslies Eltern mit ihrer jungen Tochter gelebt hatten. Die alten, klobigen Schränke und die sperrige Polstergarnitur waren weg. An ihrer Stelle fanden sich eine große Regalwand und eine Sitzgruppe, die wesentlich weniger Raum einnahm, aber nicht weniger bequem aussah. Alles war in hellen, frischen Farben gehalten, während die Einrichtung ihrer Eltern von dunklen Farbtönen beherrscht gewesen war.

„Willst du sofort hingehen, oder kann ich dir erst noch einen heißen Tee anbieten?", fragte Leslie. „Passend zum herbstlichen Wetter natürlich."

„Wenn es nicht gerade ein heißer Tee sein muss", sagte Fiona, „würde ich gern etwas trinken. Aber bitte etwas Kaltes."

„Mit oder ohne?"

„Mit oder ohne was?"

„Alkohol."

„Oh, das meinst du." Fiona hob abwehrend eine Hand. „Nicht am helllichten Tag. Gegen ein Glas Rotwein am Abend habe ich nichts einzuwenden, weil mich das richtig müde macht. Aber ich will nicht im Halbschlaf durch Tante Beverlys Haus tapsen und nur die Hälfte von allem wahrnehmen."

„Eistee? Zitrone? Pfirsich?"

„Zitrone klingt verlockend", entschied sie, zog ihre dünne Jacke aus und hängte sie an ein seltsames Gebilde aus gut einem Dutzend langen Holzstangen, das sich erst auf den zweiten oder dritten Blick als Garderobe zu erkennen gegeben hatte.

Dann ging sie ins Wohnzimmer und setzte sich in einen der beiden lilafarbenen Sessel, gerade als Leslie mit einem Glas Zitronentee und einer silbrig schimmernden Dose zurückkam, die nach einem Energydrink aussah. Als hätte Fiona danach gefragt, erklärte ihre Freundin: „Mittags brauche ich meistens so was, damit ich in Schwung bleibe. Sonst komme ich auf die Idee, mich für eine halbe Stunde aufs Ohr zu legen, und wenn ich dann aufwache, sind auf einmal drei Stunden vergangen."

„Das kenne ich doch irgendwoher", gab Fiona ironisch zurück.

„Und? Hast du dir schon überlegt, was du mit dem Haus deiner Tante machen willst? Verkaufen? Vermieten?"

Fiona trank einen Schluck Eistee, dann seufzte sie wehmütig. „Ehrlich gesagt würde ich ja am liebsten da einziehen. Aber da ist ja auch noch mein Job in Canterbury, und drei bis vier Stunden morgens hin und abends das Gleiche für den Rückweg, wäre der pure Irrsinn. Ich könnte ja auf halber Strecke kehrtmachen, um am nächsten Morgen früh genug im Büro zu sein."

„Kannst du dich nicht in eine Zweigstelle versetzen lassen?"

„Ja, aber dann müsste ich jeden Tag mit der Fähre nach Dublin übersetzen", antwortete Fiona, „und das wäre wohl noch ein bisschen zeitraubender als der Weg nach Canterbury. Oder ich lasse mich in unsere Außenstelle in Calais versetzen." Sie zuckte mit den Schultern. „Die Gehälter für alle Filialen hier auf der Insel laufen nun mal zentral über Canterbury."

„Und andere Firmen?", wollte Leslie wissen. „Jeder größere Betrieb braucht doch einen Personaler."

„Die wenigen, die ich gefunden habe, bezahlen alle deutlich schlechter, und da wird es schwer, über die Runden zu kommen", erklärte sie. „Du würdest dich auch nicht mit weniger zufriedengeben wollen, oder? Ich meine, wenn du aus dem *His Master's Sauce* zu einer Imbissbude oder zu einem der Cafés unten am Strand gehst, bekommst du auch erheblich weniger. Das würde dir doch auch nicht gefallen, oder?"

„Nein, natürlich nicht", sagte ihre Freundin und sah nebenbei den Stapel Briefe durch, den sie beim Hereinkommen aus dem Briefkasten an der Haustür geholt hatte. „Allerdings habe ich inzwischen den Eindruck, dass das Trinkgeld umso geringer ausfällt, je wohlhabender die Gäste sind."

„Das läuft doch eigentlich immer nach ein und demselben Prinzip", erwiderte Fiona. „Je mehr Geld jemand hat, desto geiziger ist er. Ich glaube, irgendjemand hat das mal das Dagobert-Duck-Syndrom genannt."

Leslie nickte. „Der Vergleich passt. Ich hatte dir ja davon erzählt, dass ich vor ein paar Jahren einen ganzen Sommer lang in einem der Strandcafés gekellnert habe. Was ich da an Trinkgeldern kassiert habe! Das bekomme ich heute nicht mal im ganzen Jahr zusammen."

„Was rein gar nichts mit deinem ziemlich knappen Bikini-Oberteil zu tun hatte, das du damals beim Bedienen getragen hast", sagte Fiona grinsend und musste an die Fotos denken, die ihre Freundin auf Facebook gepostet hatte, um Werbung für das Café zu machen. Die Kommentarfunktion zu den Fotos hatte Leslie in weiser Voraussicht ausgeschaltet, aber die Anzahl der Likes unter den Posts sprachen auch ohne Kommentare für sich.

Leslie zuckte mit den Schultern und meinte amüsiert: „Wenn die Typen großzügiger aufrunden als üblich, nur weil ihnen die Aussicht gefällt, dann habe ich damit kein Problem. Das hatte ich damals nicht, und ich hätte es heute auch nicht. Aber ich hätte keine Lust mehr, bei brütender Hitze und bis spät in die Nacht mit einem Tablett nach dem anderen durch den Sand zu stapfen, während die Gäste mit jedem weiteren Bier immer noch ein bisschen unverschämter werden. Im *His Master's Sauce* geht es ruhig zu, da genießen die Gäste ein Glas Wein, das so viel kostet wie zwei Lokalrunden Bier am Strand. Es wäre nur halt nett, wenn sie die Arbeit der Bedienungen etwas mehr würdigen könnten." Wieder zuckte sie mit den Schultern. „Aber man kann nicht alles haben."

„Ja, und das merke ich auch gerade", meinte Fiona und presste die Lippen zusammen. „Meine Tante hat mir das Haus sicher nicht vererbt, damit ich es gleich wieder verkaufe. Im Testament war zwar keine Rede davon, aber ich glaube, sie wollte mir ihr Haus anvertrauen, weil Mum bestimmt sofort einen Makler beauftragt hätte, ohne es sich noch ein letztes Mal anzusehen."

Leslie trank einen Schluck von ihrem Energydrink. „Hat deine Mum eigentlich inzwischen mal erzählt, warum sie mit deiner Tante nie wieder ein Wort gewechselt hat?"

Betrübt schüttelte Fiona den Kopf. „Nein. Dabei hatte ich gehofft, dass sie Beverlys Tod zum Anlass nehmen würde, um ihr Schweigen zu brechen."

„Na ja, es wäre zwar ein passender Anlass", hielt ihre Freundin dagegen. „Aber wenn sie damit wartet, bis ihre Schwester tot ist, könnte das auch so rüberkommen, als hätte sie mit ihrer Version der Geschichte gewartet, bis niemand mehr da ist, der ihr widersprechen kann. Je nachdem, was sie erzählen würde, würdest du vielleicht denken: ‚Das kann doch gar nicht stimmen.' Aber du kannst deine Tante nicht mehr fragen und musst deiner Mum glauben. Oder du glaubst ihr nicht, und dann hältst du sie bis zum jüngsten Tag für eine Lügnerin."

„Da hast du auch wieder recht, Leslie", murmelte sie. „Vermutlich ist es besser, wenn ich mich weiterhin komplett raushalte."

„Das ist oft der beste Weg, den man gehen kann, wenn man nicht zwischen die Fronten geraten will", stimmte Leslie ihr zu, trank ihre Dose aus und zeigte auf Fionas Glas, das sie inzwischen ausgetrunken hatte. „Willst du noch was?"

„Nein, danke. Ich möchte mir jetzt lieber das Haus ansehen", sagte sie und stand auf, um das Glas in die Küche zu bringen. Den Raum hatte sie kleiner in Erinnerung, aber das musste daran liegen, dass die neue Einbauküche den vorhandenen Platz besser nutzte als zuvor mit Herd, Kühlschrank, Tiefkühltruhe und Küchenschrank, die alle für sich gestanden hatten.

Leslie kam dazu, spülte die Dose aus und stellte sie zum Trocknen zur Seite. Dann zog sie eine Schublade auf und holte ein Schlüsselmäppchen heraus, das sie Fiona hinhielt. „Der Notar meinte, ich sollte mir von dir quittieren lassen, dass du den Schlüssel bekommen hast. Aber das halte ich für sehr überflüssig."

„Ich auch", sagte Fiona. „Trotzdem sollten wir es so machen. Stell dir vor, mir passiert irgendwas, der Schlüssel kommt abhanden, und dann bist du offiziell diejenige, die ihn zuletzt hatte."

Ihre Freundin zog die Augenbrauen zusammen. „Ich habe zwar keine Ahnung, was dir passieren sollte, dass ich am Ende für den Schlüssel verantwortlich sein könnte. Aber wenn du meinst ..."

„Leslie, das geht nicht gegen dich", beteuerte Fiona mit ernster Miene. „Aber Mum und Beverly waren ihr Leben lang ein Herz und eine Seele, und auf einmal herrschte Funkstille. Ich könnte mir gut vorstellen, dass Mum, wenn sie bei ihrem letzten Besuch ihren Wecker bei meiner Tante vergessen hätte, lieber einen Anwalt beauftragt hätte, anstatt bei ihr anzurufen, damit sie den Wecker einpackt und ihr schickt. So viele Dinge können durch irgendwelche Kleinigkeiten aus dem Ruder laufen, und ich will einfach nicht, dass irgendwer dich auf einmal für etwas zur Verantwortung zieht, womit du eigentlich nichts zu tun hast."

Ihre Freundin dachte einen Moment lang über Fionas Worte nach, schließlich nickte sie. „Ja, in gewisser Weise hast du ja recht. Wenn du – aus welchen Gründen auch immer – nicht mehr bestätigen kannst, dass du den Schlüsselbund erhalten hast, bin ich tatsächlich die, die ihn als Letzte in der Hand hatte." Sie nahm einen kleinen Briefumschlag aus der Schublade und zog einen Zettel heraus. „Das ist der Wisch, den mir der Notar gegeben hat und den du unterschreiben sollst."

Fiona nahm den Kugelschreiber, der auf dem Tresen neben dem Notizblock für die Einkäufe lag, las den Text durch, der exakt auflistete, welche Schlüssel sich alle an dem Bund befanden, und unterschrieb. „Heute ist der Elfte, richtig?"

„Ja."

„Okay", sagte sie und setzte das Datum dazu. Sie gab Leslie den Zettel und betrachtete den Schlüsselbund. „Na, dann wollen wir mal."

„Hm, der Schlüssel passt", sagte Fiona erfreut und schloss auf. „Jetzt kann ja nichts mehr schiefgehen." Als sie die Tür öffnete, schlug ihr stickige Luft entgegen, die nach altem Zeitungspapier roch. „Stimmt, jetzt erinnere ich mich daran, warum ich Trödelläden noch nie so richtig leiden konnte. Dieser *Geruch*.“

Leslie folgte ihr nach drinnen in das vollgestellte Ladenlokal. „Ja, so ein Hauch von Keller. Aber ich schätze, wenn du zwei Tage lang die Tür offen lässt und die Fenster zum Hinterhof aufmachst, wird der Wind vom Meer den größten Teil davon schon mal wegwehen.“

„Vermutlich ja“, stimmte Fiona ihr zu. „Und wenn ich dann noch die alte Tapete entfernt und diesen löchrigen Teppich rausgeschmissen habe, wird der restliche Mief auch noch verschwinden.“

Sie blieb stehen und sah sich um, hatte aber das Gefühl, ein riesiges Durcheinander zu betrachten. Ringsum hingen Regale in allen möglichen Größen an den Wänden, dazwischen waren mehr oder weniger gelungene Landschaftsgemälde – oft mit einem großen Hirsch am Rand – in klobigen Goldrahmen aufgehängt worden. Eine lange Vitrine diente als Theke und als Lager oder Auslage für militärische Orden aus längst vergessenen Zeiten oder für Silberbestecke, die so groß erschienen, dass Fiona sich fragte, ob man solche Messer oder Gabeln überhaupt noch mit einer Hand hochheben konnte. Auf einer Ecke der Vitrine alias Theke lag ein Stapel Taschenbücher, die, den altmodischen Titelbildern nach zu urteilen, aus den Sechzigerjahren stammen mussten und seit ihrem ersten Erscheinen sehr, sehr oft gelesen worden sein mussten. In einem abschließbaren Bereich lagen Dutzende Silbermünzen, deren Silbergehalt ebenso zweifelhaft war wie ihre Echtheit.

Auf fast jedem Tisch – von denen sich in dem kleinen Ladenlokal ein halbes Dutzend fand – stand mindestens eine Etagere, die mit Kleinkram aller Art vollgepackt war. Modellautos, Schnapsgläser, Kaffeelöffelsets, Spielzeugfiguren, Puppenköpfe, kleine Messingbecher und unzählige Dinge mehr drängten sich auf jeder der Ebenen. Was nicht auf die Etageren passte, belegte den Platz ringsherum: Vasen, Kerzenhalter aus Messing, Schreibtischlampen aus allen Epochen. Dazwischen standen verstreut Plastikkörbe mit Kugelschreibern, Bleistiften oder kleineren Werkzeugen. Auf dem Boden darunter hatten monströse Kerzen mit religiösen Motiven, Hocker aller Art und Zeitungsständer einen Platz gefunden. In der Ecke neben der Tür zum Hinterzimmer lag ein gut ein Meter fünfzig hoher Zeitungsstapel, der sich bedenklich nach links neigte.

„Ich möchte wissen, ob meine Tante überhaupt noch einen Überblick hatte, was sie hier alles angesammelt hatte“, fragte sich Fiona.

„Mich wundert vielmehr, wie hier ein Kunde irgendetwas finden kann“, sagte Leslie.

„Na ja, ich schätze, so einen Laden betreten die wenigsten in der Absicht, etwas ganz Bestimmtes kaufen zu wollen. Das ist doch eigentlich so wie auf dem Flohmarkt. Du kommst her, siehst dich um, was es gibt, und dann entdeckst du auf einmal eine Vase, die dir gefällt.“ Sie ging weiter ins Hinterzimmer und rief gleich darauf: „Ah, hier kommt der Geruch her.“ Stabile Metallregale waren mit alten Zeitungen und Illustrierten vollgestopft, aber ein Blick auf den erstbesten Stapel machte ihr schnell klar, dass hier nichts sortiert war, weder nach Titel noch nach Jahrgang. „Scheint so, als hätte Tante Beverly einfach alles wahllos in die Regale gelegt."

Leslie folgte ihr nach nebenan. „Bestimmt hatte sie ursprünglich mal vorgehabt, die Zeitungen zu sortieren, und dann kamen immer mehr und mehr dazu, bis sie nicht mehr wusste, wo sie anfangen sollte."

„Gut möglich", erwiderte Fiona. „Die Frage ist nur, was ich mit diesen Sachen machen soll. Ich meine, ich bringe es irgendwie nicht übers Herz, das alles einfach in einen großen Müllcontainer zu werfen, damit es auf der Müllkippe landet. Vor allem bei den Zeitungen kann ich mir vorstellen, dass es da Sammler gibt, die sich um solche Exemplare reißen würden."

„Ich glaube, da kann ich dir sogar behilflich sein", sagte Leslie, die eine alte Filmzeitung aus den Siebzigerjahren von einem der Stapel im Regal gleich neben sich genommen hatte und darin blätterte. „Ist das eigenartig."

„Was ist eigenartig?" Fiona sah sie irritiert an.

„Dieses Heft hier. Vom Februar 1979. Ich glaube, ich habe noch nie ein Heft aus einer Zeit in der Hand gehalten, als ich noch nicht auf der Welt war." Sie blickte von der Zeitschrift hoch. „Meine Eltern haben die Zeitung gelesen und danach ins Altpapier geworfen. Wir hatten nie alte Zeitungen zu Hause herumliegen, und erst recht keine, die schon drei Monate oder sogar fünf Jahre alt waren. Aber fünfundvierzig Jahre ... das ist irgendwie ..."

„Eigenartig?", half Fiona ihr amüsiert auf die Sprünge.

„Genau. Es ist eigenartig. Das ist ein Gefühl, das ich gar nicht richtig beschreiben kann."

„Du hast eben gesagt, du könntest mir behilflich sein“, kehrte Fiona zu dem Thema zurück, das für sie interessanter klang als Leslies Empfindungen beim Anblick einer nicht ganz fünfzig Jahre alten Zeitung. Was würde sie wohl erst sagen, wenn sie ein dreitausend Jahre altes Stück Papyrus mit ägyptischen Hieroglyphen vor sich hätte?

„Oh, ach ja, richtig. Meine Eltern hatten beim Umzug einen ganzen Stapel alte Schallplatten und Bücher zurückgelassen, die sie nicht mehr haben wollten“, berichtete Leslie. „Ich habe dann im Internet nach jemandem gesucht, der einfach alles zu einem Pauschalpreis ankauft, weil ich keine Lust hatte, eine LP nach der anderen bei Ebay anzubieten. Am Ende hätte ich vielleicht nur fünfzig Pence pro LP bekommen, hätte aber hundertmal zur Post laufen und mich anstellen müssen, weil ich alles nur einzeln losgeworden wäre. Dabei bin ich auf einen Händler gestoßen, der erst mal die komplette Sammlung katalogisiert und mitnimmt. Dann stellt er sie ins Internet zum Verkauf und gibt dir zwanzig Prozent vom Verkaufspreis. Du siehst die Originalabrechnung und kannst alles nachvollziehen. Da ist bislang vor allem bei den Schallplatten meiner Eltern eine nette Summe zusammengekommen.“

„Bislang? Wie lange bietet er die Sachen an?“, wollte Fiona wissen.

„Das kannst du alles mit ihm bereden, wenn du ihn anrufst“, sagte Leslie. „Er hat da unterschiedliche Fristen, bis wann etwas verkauft sein muss, ehe er den Preis senkt, aber das kann er dir genauer erklären als ich.“ Sie zog das Smartphone aus der Tasche und begann zu tippen. „Ich schicke dir die Nummer rüber. Er nennt seinen Laden ‚Der Aufräumer'. Je eher du ihn anrufst, desto eher hast du ein leeres Ladenlokal."

„Gute Sache", sagte Fiona, verzog dann aber den Mund. „Allerdings weiß ich dann noch immer nicht, was ich mit diesen Räumen anfangen soll. Am liebsten würde ich ja hier einziehen, aber ... ich habe keine Ahnung, wie ich diese Fläche nutzen könnte."

„Dagegen spricht aber doch, dass dein Arbeitsplatz nicht nur einen Katzensprung weit entfernt ist." Leslie überlegte kurz. „Was wäre denn, wenn du von Montag bis Freitag in Canterbury arbeitest und weiter in deiner Wohnung wohnst, und am Freitagabend kommst du her und verbringst das Wochenende in deinem Zweitwohnsitz am Meer."

Seufzend ließ sich Fiona auf dem Hocker nieder, der zwischen zwei Regalreihen stand. „Wenn ich nicht im Feierabendverkehr feststecken will, muss ich in der Nacht von Freitag auf Samstag herkommen. Nachts bin ich aber nicht gern unterwegs, erst recht nicht auf diesen Landstraßen mit ihren tausend Kurven, hinter denen immer jemand lauern könnte, der ein wehrloses Opfer sucht, das er verschleppen und foltern kann. Und um den Stau am Montagmorgen zu vermeiden, der mich zwei Stunden mindestens kosten würde, müsste ich am Sonntagnachmittag abfahren. Damit würde ich am Samstag frühmorgens vor Sonnenaufgang hier ankommen, den halben Tag verschlafen, und am Sonntag würde ich mich je nach Jahreszeit schon um drei Uhr auf den Weg machen, damit ich auch noch sicher im Hellen zu Hause eintreffe."

„Na ja, du könntest ja alle zwei Wochen herkommen", schlug Leslie vor. „Oder du nimmst mal den Freitag oder den Montag frei oder verbrätst ein paar Überstunden, um einen Tag mehr rauszuholen.“

„Hört sich zwar gut an, aber auf Dauer ist das für mich nicht bezahlbar. Allein die zusätzlichen Tankfüllungen im Monat würden mein Budget übersteigen. Davon abgesehen weiß ich nicht, ob mein Wagen in seinem Alter noch solche Strapazen mitmachen will.“

Leslie legte die Zeitung zurück ins Regal. „Du könntest den Laden vermieten, damit jemand ein Geschäft aufmachen kann.“

Fiona schüttelte den Kopf. „Da hinten stehen schon zwei Geschäfte leer“, wandte sie ein. „Und die haben beide eine etwas bessere Lage als das hier. Wenn die schon keiner haben will, dann müsste ich hier mit der Miete so weit runtergehen, dass sich das alles nicht mehr lohnt.“

„Und wenn du selbst ein Geschäft eröffnest? Ein Bistro oder ... keine Ahnung.“

„Ein Lokal darf ich hier nicht eröffnen, weil die Voraussetzungen für einen Gastronomiebetrieb nicht erfüllt sind“, erwiderte sie. „Da muss ich tausend Vorschriften beachten und alle möglichen Umbauten vornehmen, ehe ich da grünes Licht bekomme. Das würde mich so viel kosten, dass ich jahrelang den Kredit zurückzahlen müsste. Außerdem wäre ein Lokal nichts für mich. Ich bin froh, wenn ich mein eigenes Essen nach vier Minuten fertig aus der Mikrowelle holen kann.“

„Oh, dann kann ich dich nicht ins *His Master's Sauce* einladen?“

„Was? O doch, natürlich. Liebend gern. Ich lasse mich gern verwöhnen, was leckeres Essen angeht, aber ich habe keine Geduld, es selbst zuzubereiten. Wenn ich nicht mal Lust habe, für mich selbst ein paar Kartoffeln zu kochen, weil das so endlos lange dauert, wie soll ich dann meinen Gästen Gerichte zubereiten, bei denen ich tausenderlei Kleinigkeiten stundenlang vorbereiten muss?"

„Ah, verstehe", sagte Leslie. „Wäre ein Café auch zu viel Arbeit?"

„Geht ja wie gesagt alles nicht. Nichts mit Gastronomie. Nicht mal nur zum Mitnehmen. Außerdem gibt es doch sicher schon ein Café in Crescent Bay, oder?"

„Nein, das ist immer noch eine klaffende Lücke, die geschlossen werden will."

„Aber nicht von mir", gab Fiona mit einem Schulterzucken zurück. „Ein kleiner Buchladen wäre schön, aber ich schätze, Mr Billings und Miss Shearer würde es nicht freuen, wenn ich versuchen würde, ihnen beiden Kunden abzunehmen."

„Und Maggie Underwood auch nicht."

Fiona stutzte. „Wer ist Maggie Underwood?"

„Die dritte Buchhändlerin", sagte Leslie. „Ihr haben wir es zu verdanken, dass Crescent Bay im ganzen Land die meisten Buchhandlungen pro tausend Einwohner hat. Wobei wir ja nicht mal auf tausend kommen, wenn wir nur Crescent Bay nehmen."

„Wie können die drei denn alle genug verdienen, um zu existieren?"

„Können sie eigentlich nicht. Aber Maggie ist die Tochter des Unternehmers Brian Underwood ..."

„Redest du von diesem Logistikunternehmen?", warf Fiona ein.

„Genau. Töchterchen Maggie hatte nur einen großen Wunsch: Sie wollte in Crescent Bay einen Buchladen aufmachen, und Daddy hat ihn ihr eingerichtet. Von Büchern hat diese Frau eigentlich so gut wie keine Ahnung, und sie verkauft die Bücher vorzugsweise nach dem Prinzip, dass der Rücken zur Wohnzimmereinrichtung des jeweiligen Kunden passt."

„Also ist sie keine Konkurrenz?"

Leslie schüttelte den Kopf. „Sie kommt nicht mal auf die Idee, die Bücher ins Schaufenster zu legen, die verfilmt worden sind und auf Netflix wie irre gestreamt werden. Ich habe manchmal das Gefühl, dass sie nicht mal weiß, dass man ein Buch aufschlagen und darin lesen kann. Und das gilt zum großen Teil auch für ihre Kunden, die in den beiden anderen Buchhandlungen komplett aufgeschmissen wären, weil ihnen kein Buch gezeigt wird, das in Sachen Covergestaltung und Farbe mit der Designerbluse harmoniert." Sie gestikulierte flüchtig. „Ihr kann es aber auch völlig egal sein, wie viel sie verkauft, weil Daddy sie permanent subventioniert, wenn sie wieder mal ihr Geld verpulvert hat. Sie hat ihren Spaß, Daddy hat seine Ruhe."

Fiona seufzte frustriert. „Also gut, aber selbst wenn wir Maggie Underwood mal außer Acht lassen, wäre es trotzdem verrückt, einen Buchladen aufzumachen."

„Richtig. Denn Billings und Shearer würden dir das Leben zur Hölle machen." Leslie stand gegen das Regal gelehnt da und ging im Geiste die Geschäfte durch, die an der Promenade vertreten waren. „Tja, ein reiner Souvenirladen taugt auch nichts, weil es beim Zeitungshändler, im Zigarettenladen, im Spielzeugladen und in jeder Boutique eine Ecke mit Souvenirs gibt."

Nach einer kurzen Pause fügte sie hinzu: „Und eine weitere Boutique braucht hier auch keiner. Du könntest höchstens Mode von irgendeinem edlen Designer anbieten, aber hier kommt nicht das Publikum hin, das sich solche Preise leisten kann."

Fiona winkte sofort ab. „Oh, ich könnte auch nicht guten Gewissens teure Designermode verkaufen, wenn ich weiß, dass die Sachen einen Materialwert von ein paar Pfund haben."

„Ist das wahr?"

„Ja, ich habe vor Kurzem zufällig eine Dokumentation zu dem Thema mitbekommen. Da ging es um diese Edelmarken, die Handtaschen für zweitausend Pfund verkaufen, obwohl die einen Materialwert von nur dreißig Pfund haben. Und da sind die neunzig Pence, die die Fabrikarbeiterin in Bangladesch pro Handtasche gezahlt bekommt, schon drin."

„Wow, das hätte ich nicht gedacht", sagte Leslie. „Das moralische Dilemma bleibt dir hier sowieso erspart. Wer in Crescent Bay Urlaub macht, der kann sich entweder nichts Teureres leisten oder er ist einer von den Touristen, die keinen Luxus brauchen, um sich zu erholen."

„Hmpf", machte Fiona mürrisch. „So habe ich Crescent Bay früher auch schon wahrgenommen, als wir noch jedes Jahr hergekommen sind. Aber leider bringt mich das auf keine Idee, was ich hier anbieten könnte, das sich von allen anderen Geschäften unterscheidet und trotzdem so interessant ist, dass die Leute mir nach Möglichkeit den Laden einmal in der Woche leer kaufen."

„Vielleicht wäre es doch besser, den Laden zu vermieten“, überlegte ihre Freundin. „Ich habe von diesen Pop-up-Stores gelesen, die immer nur für kurze Zeit eröffnet werden. Die locken ja meistens ganze Heerscharen an und sind innerhalb einer Woche leer.“

Nachdenklich kniff Fiona die Augen zusammen. „An sich keine schlechte Idee, aber das Problem ist, dass Crescent Bay so weit ab vom Schuss liegt. Die Pop-up-Stores sind in vielen Fällen was für Fans von Bands oder Filmen oder Serien oder so. Die Leute stehen tatsächlich Schlange vor diesen Geschäften, allerdings habe ich so meine Zweifel, dass diese Leute sich auf den Weg nach Crescent Bay machen werden, um eine exklusive Wiederveröffentlichung des ersten Albums von ... pff ... mir fällt nicht mal ein Name ein ...“

„Ed Sheeran?“, warf Leslie ein.

„Ja, zum Beispiel er. Ich weiß nicht, ob die Leute diesen weiten Weg zurücklegen wollen“, sagte sie.

„Die Leute würden das schon machen, davon bin ich sogar überzeugt“, beteuerte Leslie. „Die reisen für ihren Star auch um die halbe Welt, nur um ihn in Tokio live zu erleben, obwohl er dieselben Songs spielt wie in der Arena in London. Ich glaube, die größere Schwierigkeit dürfte die sein, die Betreiber davon zu überzeugen, dass sie die begehrten Produkte in einem Kaff am Meer anbieten sollen.“

„Kann gut sein“, meinte Fiona. „Aber wir sollten diese Idee auf jeden Fall im Hinterkopf behalten, falls uns gar nichts anderes einfällt.“ Sie sah sich um. „Gut, dann werde ich gleich auf jeden Fall noch diesen Händler anrufen, damit der herkommt und sich ansieht, was er mitnehmen soll." Sie warf Leslie einen fragenden Blick zu. „Hast du noch Zeit? Oder willst du nach Hause?"

„Nur wenn du mich loswerden willst", gab die amüsiert zurück. „Natürlich habe ich Zeit. Sonst wäre ich ja nicht mitgekommen. Hast du irgendwas Bestimmtes vor?"

„Ich will mir nur den Rest des Hauses ansehen und herausfinden, zu welchen Türen all die anderen Schlüssel gehören."

„Nur zu", forderte Leslie sie auf.

Der nächste Schlüssel führte durch die Hintertür auf einen kleinen gepflasterten Hof, der zu allen Seiten von einer Mauer umgeben war. „Der schreit ja förmlich danach, dass alle Pflastersteine rausgerissen werden, um einen Garten anzulegen", fand Fiona. „Da muss Grün hin, ganz viel Grün."

Durch die Tür in der Mauer rechts von ihnen gelangten sie zum Stellplatz neben dem Haus, auf dem ihr Wagen parkte. „Wieder ein Schlüssel zugeordnet", sagte sie mehr zu sich selbst und schloss die alte Metalltür wieder ab, damit niemand unbemerkt auf den Hof und von dort durch die Hintertür ins Haus eindringen konnte.

Sie kehrten nach drinnen zurück und wechselten durch die rückwärtige Tür vom Lagerraum ins Wohnzimmer, das in einem krassen Gegensatz zum Ladenlokal stand. Während dort ein ziemliches Durcheinander herrschte, präsentierte sich das Wohnzimmer nahezu mustergültig.

„Wow, hier erkenne ich ja gar nichts mehr wieder", sagte Fiona leise. „Tante Beverly hat sich ja tatsächlich von all den alten Möbeln trennen können und sich was

Neues zugelegt. Scheint nur nicht so, als hätte sie lange was davon gehabt. Das sieht alles noch fast neu aus."

Eine moderne Polstergarnitur bildete zusammen mit dem Glastisch den Mittelpunkt des großzügigen Zimmers, an der Wand gleich gegenüber hing über dem schon damals stillgelegten Kamin ein großer Flachbildfernseher. Ein einzelner Sessel war zum Fernseher ausgerichtet. Das Stromkabel, das zur nächsten Steckdose verlief, und eine Fernbedienung mit zahlreichen Tasten mit Pfeilen und anderen Symbolen machten klar, dass es sich um einen elektrisch verstellbaren Fernsehsessel handelte, der wahrscheinlich auch eine Massagefunktion besaß. Fiona kannte die Marke und wusste, wie teuer die war.

An der Wand rechts von ihnen fand sich ein über die ganze Breite reichender Schrank mit Vitrinenelementen und Bücherregalen. Die Regale waren gut gefüllt, aber sie quollen nicht über, und hinter Glas standen mehrere kleine Bleikristallfiguren, die alle Wildtiere darstellten – vom Nilpferd über das Erdmännchen bis hin zur Giraffe.

„So in etwa könnte ich es mir bei Dr. Jekyll und Mr Hyde zu Hause vorstellen", sagte Leslie. Fiona verstand nicht sofort, woraufhin sie anfügte: „Wenn er Dr. Jekyll ist, dann lebt er hier in dieser schön eingerichteten Wohnung. Und kaum ist er Mr Hyde, zieht es ihn nach nebenan in den vollgestopften Laden."

Fiona musste leise lachen, als sie begriff, wie Leslie ihre Anspielung gemeint hatte. „Tante Beverly und Miss Hyde wären noch etwas passender. Aber du hast recht. Man könnte meinen, man hätte es mit zwei verschiedenen Leuten zu tun."

„Vielleicht hat sie ja auch im Lauf der Jahre die Lust an ihrem Laden verloren", gab Leslie zu bedenken. „Wenn sie ohnehin nicht auf das Geld angewiesen war, gab es ja auch keinen Ansporn, das alles mal zu sichten und zu sortieren. Wenn ich die Wahl hätte, nebenan den Trödel aufzuräumen oder hier in diesem grandiosen Sessel vor dem riesigen Fernseher zu sitzen und die Tatsache zu genießen, dass ich mich um nichts kümmern muss, dann wüsste ich auch, wo man mich finden würde."

„Tante Beverly ist ja auch für ihr Leben gern am Strand spazieren gegangen", ergänzte Fiona. „Und sie konnte bei so gut wie jedem Wetter stundenlang im Sand sitzen und aufs Meer hinaussehen. Da würde ich wahrscheinlich auch den Trödel links liegen lassen, zumal es nach einer Aufgabe für die Ewigkeit aussieht, da erst mal Ordnung reinzubringen."

Durch die Tür am anderen Ende des Wohnzimmers gelangten sie in die Küche, und wieder konnte Fiona nur staunen. Auch dieses Zimmer war nicht wiederzuerkennen, denn diese in Grau und Weinrot gehaltene Einbauküche war ebenfalls noch so gut wie neu.

„Das alles hat aber ein kleines Vermögen gekostet", meinte Leslie, die hinter ihr stand und sich umsah. „Meine neue Küche war schon verdammt teuer, aber die hier wirkt ja richtig luxuriös."

„Vielleicht hatte meine Tante ja im Lotto gewonnen, und sie wollte sich von dem Geld was gönnen", überlegte Fiona. „Schließlich war sie durch ihre Rente versorgt und musste das Geld nicht zurücklegen. Jetzt bin ich nur gespannt, ob sich im ersten Stock auch was getan hat." Gerade wollte sie die Küche verlassen, da fiel ihr etwas ein. Sie ging zum Kühlschrank und öffnete ihn. Vorsorglich hatte sie sich die Nase zugehalten, da sie nicht wusste, welche Gerüche ihr entgegenschlagen würden, nachdem alles Gekühlte seit drei Monaten nicht mehr gekühlt wurde. Aber dann kam ihr ein erstauntes „Huch“ über die Lippen, als sie sah, dass sich nichts Verderbliches mehr im Kühlschrank befand. „Na, da hat wenigstens jemand mitgedacht, als der Strom abgestellt wurde.“ Ihre Worte ließen sie stutzen. Sie ging nach rechts zur Tür, die ins Treppenhaus führte, und öffnete den Sicherungskasten, der sich unterhalb der Treppe befand. Sie legte den Hauptschalter um und rief: „Leslie, kannst du in der Küche mal das Licht anmachen?“

„Geht.“

„Perfekt.“ Sie schloss den Sicherungskasten und kam nach vorn. „Dann habe ich wenigstens nicht vergebens eine halbe Stunde in der Warteschleife beim E-Werk verbracht.“

„Das können nur wenige Menschen in diesem Land von sich behaupten“, erwiderte Leslie ironisch und folgte ihr nach oben.

Fiona zeigte auf die erste Tür, als sie oben angekommen waren. „Da haben meine Eltern geschlafen, wenn wir hier Urlaub gemacht haben. Und hier gegenüber war mein Zimmer.“ Sie öffnete die erste Tür und fühlte sich mit einem Mal in ihre Kindheit und Jugend zurückversetzt. „Alles noch so wie damals“, flüsterte sie fast ehrfurchtsvoll und ging weiter. „Und da auch“, fügte sie an, als sie in das zweite Gästezimmer schaute. Sie blieb gegen den Türrahmen gelehnt stehen und ließ ihren Blick durch das schlicht eingerichtete Zimmer wandern, in dem sich in den letzten zehn Jahren nichts verändert hatte.

„Na, fühlst du dich jetzt so, als wärst du wieder vierzehn oder fünfzehn?", fragte Leslie und legte eine Hand auf Fionas Schulter.

„O ja. Und als wäre ich wieder dreizehn oder zwölf oder elf ...", ergänzte sie und ließ den Satz unvollendet. „Als hätte ich erst gestern in diesem Bett geschlafen."

„Vielleicht hat deine Tante die beiden Zimmer nie verändert, weil sie alles so in Erinnerung behalten wollte, wie es ausgesehen hatte, als sie sich noch blendend mit deiner Mum verstanden hatte", überlegte Leslie. „Sozusagen ein Denkmal für die Zeit, als die Welt noch in Ordnung gewesen war."

„Gut möglich", flüsterte Fiona und musste einen Moment lang mit den Tränen kämpfen. Dann atmete sie tief durch und stieß sich vom Türrahmen ab. Beim Anblick des komplett modernisierten Badezimmers und des praktisch neuen Schlafzimmers ihrer Tante klang Leslies Gedanke noch viel plausibler.

Sie blieb an der Tür zum Schlafzimmer stehen, weil sie sich noch nicht so ganz bereit fühlte, diese Räume zu betreten. Sie hatte das Gefühl, dass ihr Verstand noch nicht richtig akzeptiert hatte, dass dies alles jetzt ihr gehörte. In ihrem Kopf war dies immer noch das Schlafzimmer ihrer Tante und damit ihr persönlichster Ort, den niemand sonst unaufgefordert betreten sollte.

„Willst du dich nicht umsehen, ob irgendwo noch etwas Wichtiges herumliegt?", fragte Leslie, als sie Fionas Zögern bemerkte.

„Nein, das kann ich später immer noch machen", sagte sie ausweichend und drehte sich um. Sie musterte den Flur und das Treppenhaus, dann ging sie wieder nach unten, dicht gefolgt von Leslie.

Unten angekommen sah sie sich weiter um, bis Leslie schließlich fragte: „Wonach suchst du? Und streite nicht ab, dass du etwas suchst."

„Oh, ich hatte nicht vor, irgendwas abzustreiten", versicherte ihr Fiona. „Ich frage mich nur, wo ich eine Tür übersehen haben könnte. Ich kenne das Haus noch von früher, und wir haben jetzt jedes Zimmer gesehen, aber eine Tür, von der ich bislang nichts wusste, habe ich nicht entdecken können. Trotzdem ist ein Schlüssel übrig."

„Vielleicht ist das ja ein Tresorschlüssel", meinte ihre Freundin. „Vielleicht hinter einem Bild oder im Schlafzimmerschrank. Lass mal sehen." Sie nahm den Schlüssel und hielt ihn ins Licht. „Was steht denn da drauf? Oh! *StoreAway!* Da kannst du lange suchen." Fiona musste kurz auflachen.

„*StoreAway*? Muss mir das was sagen?"

„Das ist eine Firma, die leer stehende Hallen umbaut und darin Lagerräume in allen Größen vermietet", erklärte sie. „Dieser Schlüssel ist für den Lagerraum 1502."

„Und ... wo finde ich den?"

„Sehr wahrscheinlich drüben in Camelford. Meine Eltern hatten da für drei oder vier Monate ein paar von ihren Sachen zwischengelagert, ehe sie weggezogen sind. Das ist von hier aus das nächste Lagerhaus, und ich kann mir nicht vorstellen, dass deine Tante noch dreißig Meilen weiter gefahren ist, um da einzulagern, was immer sie einlagern wollte."

„Wie weit ist es bis nach Camelford?", wollte Fiona wissen.

„Eine Viertelstunde, würde ich sagen."

Fiona sah auf die Uhr. „Das passt ja dann noch."

Aber ihre Freundin schüttelte nachdrücklich den Kopf. „Das passt leider gar nicht, Fiona. Du brauchst jetzt den Zugangscode, um überhaupt ins Gebäude zu gelangen, weil nur vormittags ein Mitarbeiter der Firma da ist, der dir weiterhelfen könnte."

„Könnte oder wird?", fragte Fiona prompt, da ihr Leslies Wortwahl aufgefallen war.

„Könnte. Ich habe nämlich keine Ahnung, welche Vorschriften die haben, wenn es um Erbschaften geht", entgegnete Leslie. „Falls du natürlich noch irgendwo hier im Haus auf den Zugangscode stoßen solltest, können wir später immer noch gemeinsam hinfahren und nachsehen, was sich in diesem Lagerraum befindet."

„Nein, ich möchte lieber jemanden von dieser Firma mit dabei haben", überlegte Fiona. „Ich weiß ja nicht, wen oder was meine Tante in diesem Lagerraum versteckt hat. Aber wenn da irgendwas Illegales rumsteht oder rumliegt, möchte ich den Mitarbeiter dabeihaben, damit er direkt bestätigen kann, dass ich damit nichts zu tun habe."

„So schlimm wird's schon nicht sein", beschwichtigte Leslie ihre Freundin, die sich gerade in etwas hineinzusteigern schien. „Und selbst wenn deine Tante im Nebenberuf Serienmörderin war, die ihre Opfer in den Lagerraum geschafft und da in Folie eingeschweißt hatte, fällt das nicht auf dich zurück. Die haben ganz sicher ein Überwachungssystem, auf dem zu sehen ist, wer zuletzt welchen Raum betreten hat. Und das warst ganz sicher nicht du. Nimm die Papiere vom Notar mit, damit es gar nicht erst zu Missverständnissen kommt.“

„Ja, vermutlich hast du recht“, stimmte Fiona ihr zu. „Dann also morgen früh. Du hast nicht zufällig Zeit, oder?“

„Um dich zu begleiten?“

Fiona nickte.

„Ich dachte schon, du fragst mich überhaupt nicht“, entgegnete Leslie grinsend. „Ich muss erst um halb zwölf zur Arbeit gehen. Das reicht locker für einen ersten Blick in die Kiste mit den fünfzig Goldbarren.“

„Pass lieber auf“, konterte Fiona ironisch. „Nachher liegen da tatsächlich fünfzig Goldbarren in einer Kiste, und dann hast du mir so einiges zu erklären.“

Leslie lächelte nur flüchtig. „Verrat mir lieber mal, wo du heute Nacht schlafen wirst.“

„In meinem alten Zimmer. Wieso?“

„Weil ich dir mein Gästezimmer zur Verfügung stellen wollte.“

Fiona winkte ab. „Das ist lieb von dir, aber ich habe kein Problem damit, hier zu schlafen. An Geister glaube ich sowieso nicht, und es ist ja auch nicht so, als wäre Tante Beverly in ihrem Haus ermordet worden.“

„Okay, aber falls du doch einen Geist siehst, dann weißt du ja, wo ich wohne“, gab ihre Freundin augenzwinkernd zurück.

Kapitel 3

„Und? Wie hast du geschlafen, Fiona?", fragte Leslie, als sie sich am nächsten Morgen um kurz nach neun auf dem Parkplatz von *StoreAway* trafen. Noch am Abend hatten sie beschlossen, doch mit zwei Wagen hinzufahren, da nicht klar war, was Fiona dort erwartete. Wenn das gesamte Prozedere mehr Zeit als vermutet in Anspruch nehmen sollte, würde Leslie es unter Umständen nicht zeitig zum Dienstbeginn ins Restaurant schaffen.

„Soweit ich weiß, bin ich nicht von bösen Geistern heimgesucht worden", antwortete sie. „Aber ich glaube, ich war im Traum wieder vierzehn oder fünfzehn und habe meine Ferien hier verbracht. Ich wollte eigentlich gar nicht aufwachen, aber der Wecker war zu unbarmherzig. Ein Glück, dass ich mir gestern auf dem Weg hierher aus dem Supermarkt noch ein paar Sandwiches mitgebracht hatte. Nach dem Aufstehen ist mir nämlich erst bewusst geworden, dass ich einen leeren Kühlschrank im Haus habe – und sonst nichts."

„Mensch, du hättest doch bei mir frühstücken können", sagte Leslie und schüttelte ungläubig den Kopf.

„Hätte ich gemacht, wenn da nicht noch die Sandwiches gewesen wären", versicherte Fiona ihr. „Und da die nicht ewig halten, konnte ich sie nicht liegen lassen und stattdessen zu dir kommen. Nachher muss ich auf jeden Fall zu einem größeren Supermarkt fahren, um mich mit Essen einzudecken. Ich nehme an, du kannst mir da einen Tipp geben?"

Leslie zog das Smartphone aus ihrer Handtasche und tippte etwas ein. „Ich maile dir ein paar Vorschläge, dann kannst du dir auf den Seiten schon mal ansehen, was die so im Angebot haben. Da ich es nicht so mit Fertigessen habe, kann ich dir nämlich nicht verraten, wo du eine gute Auswahl findest."

Fiona nickte dankend und zog die Tür zu dem containerähnlichen Empfangsbereich direkt vor dem riesigen hellgrünen Lagerhaus auf. Eine ganze Wand des Empfangs war mit Monitoren bedeckt, die alle möglichen Gänge zeigten. Auf zwei Bildern waren Leute zu sehen, was zu den beiden anderen Wagen auf dem Parkplatz passte. Rechts stand eine ebenfalls in Hellgrün gehaltene Theke, hinter der ein älterer Mann mit Halbglatze und Schnauzbart saß. Er sah konzentriert auf einen Bildschirm und tippte etwas ein.

„Einen Moment", murmelte er und tippte weiter. Nach gut zwei Minuten war er mit seiner Arbeit offenbar fertig. „Da konnte ich nicht unterbrechen, sonst werde ich nach dreißig Sekunden aus dem Programm geworfen", erklärte er. „Was kann ich für Sie tun?"

„Hallo, ich würde gern wissen, wo ich Raum 1502 finde und wie ich da hinkomme", sagte Fiona.

Der Mann zeigte auf eine hellgrün gestrichene, stabile Metalltür mit einem kleinen Sichtfenster, neben der ein Display mit einem Tastenfeld hing. „Indem Sie da den achtstelligen Ziffercode und die Raumnummer eingeben."

„Und wenn ich den Ziffercode nicht kenne?"

„Dann muss ich Sie fragen, woher Sie den Schlüssel haben", erwiderte der Mann.

„Den habe ich geerbt", antwortete sie. „Er befindet sich am Schlüsselbund meiner verstorbenen Tante. Laut Testament erbe ich alles, was man mit den Schlüsseln an diesem Bund öffnen kann, folglich auch alles, was sich in diesem Lagerraum befindet."

„Können Sie irgendetwas belegen? Und können Sie sich ausweisen, Miss ..."

„Freeman. Fiona Freeman", sagte sie. „Und Sie sind?"

„Connors", erwiderte er nur knapp und deutete auf das Namensschild an der hellgrünen Weste, die er über seiner privaten Kleidung trug.

Fiona klappte die Aktenmappe auf und legte ihm Kopien vom Testament, von der Sterbeurkunde und von verschiedenen anderen Dokumenten vor, die er vielleicht benötigen würde. Darunter befand sich auch eine Kopie ihres Führerscheins, zu dem sie ihm das Original hinhielt. Nachdem er einen Blick darauf geworfen hatte, nickte er und widmete sich den Dokumenten.

„Ich muss die Zentrale anrufen", sagte er schließlich. „So einen Fall hatte ich noch nicht, und in meiner allumfassenden Dienstanweisung findet sich seltsamerweise auch kein Vermerk, wie mit einem vererbten Lagerraum umgegangen werden soll. Das kann ein paar Minuten dauern, weil ich mich erst mal durchfragen muss."

„Ich habe es nicht eilig", antwortete Fiona ruhig. „Wichtig ist nur, dass Sie klären, was Sie brauchen und was nicht."

Während er nach dem Hörer griff, stellten sich Fiona und Leslie vor die Monitorwand und sahen sich an, was ihnen angezeigt wurde. Noch immer waren zwei Kunden auf zwei Bildschirmen zu sehen, von denen der eine kleine Kartons auf eine Sackkarre stapelte, während der andere in seinem Raum Kisten von einer Seite auf die andere stellte, nachdem er einen Blick hineingeworfen hatte.

Im Hintergrund hörten sie Connors mit seinen Kollegen reden, die ihn offenbar in der Zentrale hin und her weiterleiteten, da er etliche Male mit seinen Erklärungen ganz von vorn anfangen musste. Eine scheinbare Ewigkeit verstrich, bis er endlich „Miss Freeman?" rief.

„Konnten Sie alles klären?", fragte sie geduldig.

„Ja, konnte ich", sagte er. „Diese Unterlagen muss ich zu den Akten nehmen, die beiden Kopien kann ich Ihnen zurückgeben. Mit dem Erbe sind Sie in den Vertrag eingetreten, den Mrs Beverly Grady mit uns geschlossen hat. Sie hat die Miete für den Lagerraum immer jährlich im Voraus bezahlt, also können Sie den Raum bis Ende Dezember weiter nutzen, ohne dass Miete anfällt. Da Sie monatlich kündigen können, haben Sie bis Ende November Zeit, um sich zu überlegen, ob Sie den Raum auch weiterhin nutzen wollen. Sie erhalten von uns aber auch noch eine schriftliche Erinnerung."

„Okay, dann muss ich also den Raum nicht innerhalb von zwei Tagen räumen", sagte Fiona erleichtert.

„Ich lösche jetzt den Code, den Ihre Tante gewählt hatte, und dann können Sie Ihren eigenen achtstelligen Zifferncode und die Raumnummer eingeben", redete Connors weiter. „Mit diesem Zifferncode können Sie rund um die Uhr zu Ihrem Lagerraum gelangen. Manche Kunden finden das zwar etwas unheimlich, wenn sie ganz allein im Lagerhaus unterwegs sind, aber ich kann Ihnen versichern, dass es völlig ungefährlich ist."

„Gut, dann brauche ich nur noch eine Idee für die acht Ziffern", murmelte Fiona und überlegte angestrengt.

„Nehmen Sie nicht Ihr Geburtsdatum, auch nichts rückwärts geschrieben", warnte Connors sie. „Wenn jemand Ihre Daten ausspäht, kann es für ihn ein Leichtes sein, sich Zugang zum Lagerraum zu verschaffen."

„Und das Geburtsdatum von einem anderen?", hakte sie nach.

„Geburtsdaten sind grundsätzlich nicht empfehlenswert, weil es für die ersten zwei Stellen nur einunddreißig und für die zweiten zwei sogar nur zwölf mögliche Werte gibt. Die Jahreszahl kann nur mit einer Neunzehn oder einer Zwanzig beginnen, also gibt es nur sehr wenige Kombinationen", machte Connors ihr klar.

Fiona atmete schnaubend aus. „Mir fällt beim besten Willen keine Kombination ein, von der ich weiß, dass ich sie mir auch merken kann."

„Erwarten Sie keine Hilfe von mir, Miss Freeman", sagte er und hob abwehrend die Hände. „Wenn ich allein schon mitbekomme, dass Sie die Kombination beim Eintippen mitsprechen, müssen Sie sich gleich die nächste Kombination ausdenken."

Leslie beugte sich vor und flüsterte ihr etwas ins Ohr. „Oh", machte Fiona. „Warum ist *mir* so was nicht eingefallen?"

„Weil du die Dinge gern etwas komplizierter machst als unbedingt nötig", sagte Leslie.

Fiona stellte sich vor das Display und tippte zweimal hintereinander die PIN ihrer Bankkarte ein, dann ergänzte sie die Raumnummer und gab das Ganze noch einmal ein, wie das System es von ihr verlangte. Die schwere Metalltür öffnete sich, woraufhin Connors seinen Platz hinter der Theke verließ, die Eingangstür abschloss und einen Zettel an die Scheibe klebte.

„Ich zeige Ihnen den Weg zu Ihrem Lagerraum", sagte der Mann, zog die Tür auf und ging vor Fiona und Leslie hindurch. Dann zeigte er nach rechts zu einer Laderampe. „Mit Ihrem Zugangscode können Sie auch das Rolltor öffnen, wenn Sie mit einem größeren Transporter zum Be- oder Entladen herkommen." Er bog nach links ab und folgte dem langen Gang, der gleich neben der Außenwand der Halle verlief. Alle paar Meter zweigte nach rechts ein breiter Korridor ab, der zu beiden Seiten von Rolltoren gesäumt wurde. In einem dieser Korridore entdeckte Fiona einen der Männer, die sie auf der Monitorwand gesehen hatten.

Zwei Gänge weiter bogen sie ein, ungefähr auf halber Länge des Korridors blieb Connors stehen. „So, da sind wir. Geben Sie mir bitte den Schlüssel?" Er demonstrierte ihr, wie der Zylinder aufgeschlossen werden musste, der das Rolltor blockierte. Dann fasste er nach dem Griff dicht über dem Boden und zog das Tor hoch. „Das gehört alles Ihnen, Miss Freeman. Falls Sie noch Fragen haben, finden Sie mich vorn am Empfang." Er nickte ihr und Leslie zu, dann entfernte er sich mit schnellen Schritten, die noch eine Weile zu hören waren, auch wenn von dem Mann längst nichts mehr zu sehen war.

„Du kannst mir hundertmal erzählen, dass es hier absolut sicher ist", sagte Leslie, als von irgendwoher andere Geräusche bis zu ihnen drangen, die wahrscheinlich etwas mit den beiden anderen Kunden im Lagerhaus zu tun hatten. „Aber ich möchte hier nicht nachts um zwei unterwegs sein. Hier kommt man zwar nur rein, wenn man diesen Zifferncode eingibt. Aber jemand kann ja auch dazu gezwungen werden, weil irgendwelche Verbrecher seinen Lagerraum ausräumen wollen. Oder auch noch andere Räume, weil sie wissen, dass jemand hier eine wertvolle Sammlung vor den Finanzbehörden versteckt."

„Und dann läuft man den Typen in die Arme, wenn man gerade um die Ecke kommt", ergänzte Fiona. „Nein, danke, das muss nicht sein. Ich schätze, es wird eine Ewigkeit dauern, bis hier in so einem Fall die Polizei auftauchen würde."

„Sofern du überhaupt noch dazu kommst, sie zu alarmieren", gab Leslie zu bedenken.

Fiona schüttelte sich unwillkürlich, dann klatschte sie in die Hände und erklärte: „Widmen wir uns lieber etwas Erfreulicherem. Sofern uns in dem Raum tatsächlich etwas Erfreuliches erwartet." Sie drückte auf den Lichtschalter, eine Neonröhre in der Deckenmitte erwachte zum Leben.

Der Lagerraum entpuppte sich zu Fionas Erstaunen als viel größer, als es das Tor hatte vermuten lassen. Das besaß ungefähr die Breite eines Garagentors, aber links und rechts davon reichte der Raum so weit, dass er tatsächlich doppelt so breit wie eine Garage war – und fast genauso lang. Die linke Hälfte wurde von Plastikboxen in Beschlag genommen, die bis über Kopfhöhe gestapelt waren. Gut die Hälfte der verbliebenen freien Fläche war mit großen, flachen Holzkisten vollgestellt, die an Transportkisten für gerahmte Gemälde erinnerten.

Was sich in den Boxen befand, konnte Fiona nicht erkennen, denn obwohl sie durchsichtig waren, hatte ihre Tante den Inhalt so dick mit Luftpolsterfolie umwickelt, dass sich nicht sagen ließ, was so gut verpackt worden war.

„Nehmen wir mal die oberste Box runter und werfen einen Blick rein", entschied Fiona und ging zur Seite, damit Leslie Platz genug hatte. Als sie die schwere Kiste anheben wollten, wäre sie ihnen fast aus der Hand gerutscht, da sie sich als so leicht entpuppte, dass Fiona mühelos mit einer Hand den Griff fassen und sie vom Stapel ziehen konnte. Sie öffnete den Deckel und nahm die Blätter heraus, die zusammengeheftet auf dem Berg aus Luftpolsterfolie lagen.

„Und was steht da?", fragte Leslie, die so neben der Plastikbox stand, dass sie von den Blättern nur die leere Rückseite sah.

„Hm, das ist seltsam", antwortete Fiona. „Hier steht ‚Paris 22x', ‚Metz 4x', ‚Marseille 8x' und so weiter. Eine lange Liste von französischen Orten, alle gefolgt von einer Zahl und einem ‚x'."

„Vielleicht soll es ‚zweiundzwanzigmal' heißen", überlegte Leslie.

„Ja, vielleicht. Aber was ist da zweiundzwanzigmal drin?", grübelte sie und betrachtete die offene Kiste. Auf das, was nach Dutzenden kleinen, dick umhüllten Packungen aussah, waren noch einmal mehrere Lagen Luftpolsterfolie gelegt worden, die dann so kunstvoll mit durchsichtigem Paketband mit dem eigentlichen

Inhalt der Kiste zusammengeklebt worden war, dass sie keinen Ansatzpunkt fand, um das Ganze zu entpacken. Mit roher Gewalt wäre es natürlich möglich gewesen, die Folie aufzureißen, aber wenn der Inhalt darunter wirklich so empfindlich war, wie es den Anschein hatte, könnte sie allzu leicht etwas beschädigen.

Plötzlich kam ihr eine Idee. „Sag mal, Leslie. Ist deine Handtasche eigentlich immer noch so eine Wundertüte, in der sich tausend Sachen befinden, die eigentlich kein normaler Mensch mit sich herumschleppen würde?"

Leslie grinste sie an. „Warum hast du bloß so ein gutes Gedächtnis?"

„Wie kann ich vergessen, dass du damals einen Dosenöffner zur Hand hattest, gerade als wir den unbedingt brauchten?", erwiderte Fiona und musste versonnen lächeln.

„Mit einem Dosenöffner kann ich dir heute leider nicht dienen. Aber was hättest du denn gern?"

„Eine Nagelschere oder irgendetwas Vergleichbares."

„Hmm", machte Leslie und dachte kurz nach. „Hm, vielleicht hilft dir das ja auch." Sie griff in ihre Tasche und begann zu wühlen, dann holte sie etwas hervor, das in Größe und Form an einen Flohkamm für Katzen erinnerte. Nur befand sich dort, wo eigentlich die feinen Zinken hätten sein sollen, etwas, das wie eine leicht geöffnete Schere aussah.

„Ist das ein Folterinstrument?", fragte Fiona irritiert.

„Nein, damit kann man den Sicherheitsgurt aufschneiden, wenn das Schloss kaputt ist und du aus dem Auto rauswillst", erklärte sie.

„So was gibt es?" Fiona schüttelte verwundert den Kopf. „Das sehe ich zum ersten Mal."

„Ich habe mir das Ding zugelegt, nachdem mein Gurt einmal nicht aufgehen wollte und ich von einem Polizisten aus meinem Wagen befreit werden musste", erklärte sie. „Die Erfahrung muss ich nicht zweimal machen."

„Kann ich mir vorstellen", sagte Fiona und ritzte mit der Spitze der Klinge die Folie so ein, dass ein Loch entstand. Dann schob sie den Gurtschneider behutsam ringsherum über die Folie, bis sie die oberste Lage abnehmen konnte. Die Lagen darunter waren frei von Klebeband und ließen sich problemlos herausnehmen, sodass sie endlich eines der Päckchen herausnehmen konnte. Mit dem Fingernagel fand sie den Ansatz am Klebeband und konnte es komplett abziehen, dann war es ihr möglich, das rätselhafte Objekt nach und nach auszuwickeln, bis sie es endlich in der Hand halten und betrachten konnte.

„Das ist ja ein Fingerhut", stellte Leslie verdutzt fest. „So viel Aufwand für einen Fingerhut?"

„Das ist nicht einfach ein Fingerhut", flüsterte Fiona fast ehrfürchtig. „Das ist ein Fingerhut aus Paris. Einer von zweiundzwanzig in dieser Kiste." Sie schüttelte wieder und wieder den Kopf. „Ich kann es nicht fassen, dass ich so etwas vergessen konnte."

„Was genau hast du denn vergessen?"

„Dass Tante Beverly wie eine Besessene Fingerhüte gesammelt hat", antwortete sie leise. „Überall im Wohnzimmer und im Flur und im Treppenhaus hingen Setzkästen, vollgepackt mit Fingerhüten aus allen Ländern und Städten, Fingerhüte mit Vögeln, Blumen, Königen, Wappen, Werbung ... was du dir nur vorstellen kannst. Und Fingerhüte mit einer Skulptur obendrauf. Ein Adler in seinem Nest, ein Dinosaurier, Paddington Bär, eine Fledermaus. Fingerhüte in Form von Briefkästen und Kaugummiautomaten. Aus Metall, aus Plastik, aus Ton. Ich ... Ich sehe sie jetzt wieder alle vor mir ... alle, die in den Setzkästen standen", fügte sie an. „Tante Beverly hatte weit mehr Fingerhüte, als Fächer in den Setzkästen vorhanden waren. Darum hat sie von Zeit zu Zeit alles komplett ausgetauscht, damit beim nächsten Besuch alles anders aussah. Ich schätze, dazwischen hat sie sicher noch zwei- oder dreimal den ganzen Bestand ausgetauscht. Ich weiß nur, ich habe die Fingerhüte aus dem ersten Jahr nicht wieder gesehen, auch nicht die aus dem zweiten Jahr, als wir hier Urlaub gemacht haben. Es gab immer wieder neue. Und ständig brachten ihr Freunde und Bekannte neue Modelle mit, wenn sie irgendwo Urlaub gemacht hatten. Aber nicht nur ein oder zwei, sondern meistens direkt zwanzig oder dreißig."

„Aber ...", begann Leslie, als Fiona verstummt war. „Aber wie viele sollen das denn sein? Allein in der Kiste schlummern ja bestimmt schon hundertfünfzig oder zweihundert, wenn ich diese Liste überschlagsweise zusammenrechne. Vorausgesetzt, es ist auch alles in der Kiste, was auf dem Papier steht. Das müssen ja ein paar Tausend sein."

„Mindestens", stimmte Fiona zu ihr. „Als wir das erste Mal bei ihr waren, da war ich vielleicht sechs oder sieben ... vielleicht sogar erst fünf, da erzählte sie schon ganz stolz, dass sie auf entweder siebenhundert oder achthundert Fingerhüte kam. Ich traue mich gar nicht hochzurechnen, was in zwanzig Jahren dazugekommen sein kann."

„Immerhin ein interessantes Hobby", sagte Leslie.

„Aber leider auch ein Fass ohne Boden", gab Fiona zu bedenken. „Selbst wenn du dich auf ein Motiv spezialisierst, kannst du davon ausgehen, dass du nie eine wirklich komplette Sammlung zusammenbekommen wirst. Wenn ich nur überlege, dass ich in jedem Urlaub mindestens zehn neue Fingerhüte aus London gesehen habe. Da waren zwar ähnliche Modelle dabei, aber jedes Einzelne hatte irgendeine Besonderheit. Mal einen Goldrand, mal ein zweites Motiv auf der Rückseite." Wieder schüttelte sie den Kopf. „Ich fand das zwar einerseits faszinierend, aber ich hatte manchmal wirklich das Gefühl, dass Tante Beverly in diesem Punkt besessen war. Diese Sammelwut war genau genommen nicht mehr normal. Das einzig Gute war, dass die meisten Freunde für die Mitbringsel nichts haben wollten, weil sie die im Urlaub in Frankreich oder Deutschland für ein paar Euro erstanden hatten. Ansonsten hätte sie dafür ein Vermögen ausgegeben." Sie deutete auf die großen Holzkisten in der anderen Ecke. „Das da müssen die Setzkästen sein. Vom Format her passt das ganz gut."

„Und was willst du mit diesem Berg Fingerhüte machen?", fragte Leslie. „Die Sammlung übernehmen und weiter ausbauen?"

„Bloß nicht", rief Fiona sofort, dann beteuerte sie: „Ich finde die kleinen Dinger ja toll. Manche sind sogar richtige Miniaturkunstwerke, und es ist auch ein originelles Andenken, weil es nicht viel Platz wegnimmt. Jedenfalls dann nicht, wenn man ein halbes Dutzend davon besitzt. Aber was habe ich von Fingerhüten aus ganz Italien, wenn ich noch niemals da war und auch gar nicht hin will? Und was habe ich von … hier von der Sonderkollektion Hunderassen, von der Tante Beverly achtzig Stück hatte, wenn ich keinen Hund habe? Und warum soll ich mir Fingerhüte mit Pudeln, Schäferhunden und Bernhardinern ins Regal stellen, wenn ich doch nur einen Jack Russell nehmen würde, sofern ich Zeit für einen Hund hätte.“

„Dann sind die wohl auch ein Fall für den Aufkäufer, von dem ich gesprochen habe“, meinte Leslie.

Aber Fiona schüttelte den Kopf. „Nein, das sind sie nicht“, sagte sie nachdenklich. „Der holt ja alles Unsortierte ab, was im Laden rumsteht und -liegt, weil ich nicht monatelang damit beschäftigt sein will, den Kram zu sichten. Aber das hier … das ist nicht unsortiert. Wenn diese Liste tatsächlich alles aufführt, was in dieser Kiste ist, dann werden in den anderen Kisten auch solche Listen liegen. Und damit ist das Ganze hier katalogisiert, zumindest grob, weil ich jetzt weiß, dass ich zweiundzwanzig Fingerhüte aus Amsterdam habe. Wie die aussehen und wie alt die sind, das ist eine andere Frage. Damit kann ich mich beschäftigen, wenn ich mir den Preis überlege.“

„Welchen Preis?“

„Na, den Verkaufspreis, Leslie“, erwiderte Fiona. „Ich hatte nämlich gerade eine Idee. Ich eröffne … einen Fingerhutladen.“

Kapitel 4

„Du eröffnest einen … was?", fragte Leslie ungläubig.

„Du hast richtig gehört. Einen Fingerhutladen", wiederholte Fiona und strahlte vor Freude über ihre Idee. „Das alles hier ist meine Erstausstattung für den Laden. Das heißt, ich muss nicht erst einen Kredit aufnehmen, um einen Warenbestand anzulegen. Ich kann einfach die vorhandenen Fingerhüte verkaufen und habe dann Geld, um Nachschub zu bestellen."

Leslie musterte sie eine Weile, dann sagte sie: „Du meinst das ernst, nicht wahr?"

„Ja, natürlich."

„Ich will dir ja eigentlich nicht die Freude verderben, aber wer soll nach Crescent Bay kommen und einen Fingerhut aus …" Leslie warf einen Blick auf die Liste. „… Westervoort kaufen … wo immer das sein mag."

„Jemand, der schon mal da war. Jemand, der immer schon mal da hinwollte. Jemand, der einem anderen eine Freude machen will, weil dieser andere schon mal da war oder immer schon mal hinwollte. Jemand, der das Motiv schön findet", zählte Fiona in rasendem Tempo auf. „Jemand, der Fingerhüte sammelt."

„Aber kein Laden hier im Dorf hat Fingerhüte im Angebot", wandte Leslie ein.

„Ein Grund mehr, sie anzubieten. Ich möchte wetten, in einer von den Kisten finden wir einen Fingerhut von der Tour de France von vor zwei Jahren. Oder von einem irgendeinem Jubiläum aus dem letzten Jahr", fuhr Fiona fort.

„Und was haben wir davon?"

„Den Beweis, Leslie, dass die Welt nicht vor fünfundzwanzig Jahren aufgehört hat, Fingerhüte zu sammeln oder als Andenken mitzubringen. Ich weiß nicht, wie lange es keinen Fingerhut von Crescent Bay mehr gibt, aber ich kann mich daran erinnern, dass ich die damals in ein paar Geschäften gesehen habe. Irgendwann hat der eine Laden zu- und ein anderer aufgemacht, und der Inhaber hatte kein Interesse an Fingerhüten. Vielleicht haben ein paar Touristen noch danach gefragt, aber das waren zu wenige, als dass der Händler daraufhin zwanzig Fingerhüte hätte kaufen wollen. Also gab es jahrelang keine mehr", redete Fiona einem Wasserfall gleich drauflos, als müsste sie Leslie von ihrer Idee überzeugen. Aber vielleicht war es ja sie selbst, die aller Freude über diese Idee zum Trotz doch erst noch überredet werden musste. „Ich kann das Interesse der Leute an Fingerhüten wieder wecken. Die Touristen, die heutzutage herkommen, haben so was vielleicht noch nie gesehen. Und auf einmal wird es richtig cool sein, Fingerhüte zu kaufen – für sich selbst und für andere." Sie sah Leslie aufmerksam an und bemerkte sofort, dass ihre Freundin noch nicht so richtig daran glaubte. „Vier Pfund fünfundneunzig", fügte sie nach einer kurzen Pause an.

„Was ist mit vier Pfund fünfundneunzig?", fragte Leslie verdutzt.

„Einstiegspreis für jeden einfachen Fingerhut", erklärte sie. „Einer mit einem aufgedruckten Wappen oder einem Wahrzeichen irgendeiner Stadt. Und dann kommen die mit dem Reliefwappen, die kosten fünfzig Pence mehr. Und so weiter. Bis zu den ganz edlen, die dann ... keine Ahnung ... fünfundzwanzig Pfund oder so kosten. Die Prachtstücke, die zu Hause in die Vitrine gehören."

„Hm, gar nicht so schlecht, was du dir da gerade überlegst", musste ihre Freundin zugeben. „Und wenn das die Setzkästen sind, wie du glaubst, dann hast du ja schon fast die gesamte Ladeneinrichtung zusammen."

„Ja, und von dem, was im Laden steht, behalte ich die Theke mit der Vitrine und die Regale im Lagerraum", überlegte Fiona. „Den Rest kann dieser Aufkäufer alles mitnehmen."

„Nicht die Etageren!", rief Leslie dazwischen.

„Die Etageren? Willst du die etwa haben?"

Leslie schüttelte den Kopf. „O Gott, bloß nicht! Nein, ich dachte nur gerade, dass du nach einiger Zeit feststellen wirst, dass du ein paar Ladenhüter hast, die du für neunundneunzig Pence anbieten willst, damit sie endlich wegkommen. Die kannst du doch auf die Etageren stellen, damit die Leute sich da was aussuchen können."

„Keine schlechte Idee", fand Fiona, dann griff sie zum Smartphone und begann etwas zu schreiben. Als sie den fragenden Blick ihrer Freundin bemerkte, erklärte sie: „Mir ist gerade eingefallen, dass ich nach einem Glaser suchen muss, der die Setzkästen mit einer großen Glastür versieht, die man auch abschließen kann."

„Du willst die Fingerhüte wegschließen? Ich dachte, du willst sie verkaufen."

„Oh, das will ich doch auch", beteuerte sie. „Aber wenn die Setzkästen offen sind, kann sich jeder selbst bedienen ..."

„... und fünf Fingerhüte einstecken und nur den sechsten bezahlen", führte Leslie den Satz zu Ende und nickte verstehend.

„Ähm ... ja, das ist auch noch ein Problem, aber daran hatte ich noch gar nicht gedacht. Richtig, man kann mir den halben Laden ausräumen, ohne dass man mit ausgebeulten Taschen rausgeht", murmelte sie. „Aber ich dachte eigentlich daran, dass die Fingerhüte runterfallen können, wenn sie jemand aus ihrem Fach nimmt. Und dass alles durcheinandergerät, weil ein herausgenommener Fingerhut einfach in irgendein leeres Fach zurückgestellt wird und nach einer Weile nichts mehr an seinem vorgesehenen Platz steht. Ich kann nicht jeden Abend hinterherrennen und alles wieder da hinstellen, wo es auch hingehört."

„Wie groß sind denn die Setzkästen?", wollte Leslie wissen.

„Etwas kleiner als die Kisten da", antwortete sie. „Da stecken sie schließlich drin. Wieso fragst du?"

„Weil ich eben an diesen Laden in Launceston denken musste, der Leuchtreklamen und Werbetafeln und so weiter herstellt", sagte Leslie. „Die bauen auch Tische und Stühle aus Plexiglas, und da fiel mir ein, dass die auch bestimmt eine Abdeckung aus Plexiglas für die Setzkästen basteln können. Irgendwas zum Hochklappen oder so, was sehr viel leichter als Glas wäre. Das kann auch keiner kaputtschlagen, wenn er mal dagegenläuft."

„Wie heißt dieser Laden?", fragte Fiona fast schon ungeduldig.

„Suche ich dir alles raus, keine Panik", gab ihre Freundin augenzwinkernd zurück. „Du musst dir erst mal einen Überblick verschaffen, wie viele Millionen Fingerhüte hier lagern und wie viele Jahrhunderte du brauchen wirst, um die alle zu verkaufen, wenn jeden Tag fünfhundert Kunden Schlange stehen."

„Mach dich nur lustig", konterte Fiona und zog die Nase kraus. „Du wirst schon sehen, dass die Leute ganz verrückt danach sein werden." Sie nahm wieder die Liste an sich und blätterte sie durch. „Ich werde die Seiten wohl alle abfotografieren müssen. Die aus allen Kisten", fügte sie hinzu und fühlte sich mit einem Mal ein wenig mutlos.

Leslie sah auf die Uhr. „Wenn du jetzt damit anfangen willst, kann ich dir noch gut eineinhalb Stunden lang helfen", bot sie an. „Dann muss ich allmählich auf den Weg zur Arbeit machen."

„Himmel, ich bin hergekommen, um mich um mein Erbe zu kümmern", sagte Fiona. „Ich kann doch nicht deine ganze freie Zeit in Anspruch nehmen."

„Solange es nur meine Freizeit ist, geht das", meinte Leslie lachend. „Problematisch würde es, wenn ich deinetwegen nicht zur Arbeit käme. Aber so ..." Sie zuckte gelassen mit den Schultern. „Wir haben doch sowieso zehn Jahre aufzuholen, in denen wir uns nicht gesehen haben."

„Solange du nicht das Gefühl bekommst, dass ich deine Hilfsbereitschaft ausnutze."

„Wenn ich das Gefühl bekomme, schicke ich dir eine Rechnung", versicherte Leslie ihr amüsiert und nahm die Liste wieder an sich, während sie mit der anderen Hand das Smartphone aus der Tasche holte. „Und jetzt lass uns loslegen. Je eher wir anfangen, diese Listen abzufotografieren, umso mehr werden wir schaffen."

„Das entbehrt nicht einer gewissen Logik." Fiona lächelte ihre Freundin an und öffnete die nächste Kiste, um sich die darin enthaltene Liste vorzunehmen.

Der von Leslie so gelobte „Aufräumer" war auf jeden Fall schon mal eines: pünktlich. Sie hatte die Arbeit im Lagerraum ihrer Tante zu dem Zeitpunkt unterbrochen, als Leslie ihr sagte, dass sie sich in wenigen Minuten verabschieden müsse. Da Connors vorne am Empfang bereits im Feierabend war, beschloss Fiona, für diesen Tag ebenfalls Schluss zu machen.

Die Vorstellung, ganz allein in diesem Lager zu sein, war ihr trotz aller Sicherheitsvorkehrungen einfach zu unheimlich. Hinzu kam, dass sie sich so auf diese Arbeit konzentrieren musste, dass sie nicht mal mit einem Ohr auf ihre Umgebung achten konnte. Sie war sich sicher, dass sie sich zu Tode erschrecken würde, wenn auf einmal ein anderer Mieter auftauchte, der zu seinem Lagerraum gleich nebenan wollte.

Leslie hatte ihr versprochen, ihr bei der Erfassung aller Listen zu helfen, weil sie an diesem Morgen am eigenen Leib gespürt hatte, wie unheimlich das Lager doch war – und das umso mehr, nachdem die anderen beiden Mieter anscheinend gegangen waren. Jedenfalls war von ihnen nichts mehr zu hören. Das einzige beständige Geräusch war das leise Surren der Klimaanlage, die dafür sorgte, dass es in der Halle keine großen Temperaturschwankungen gab. Hin und wieder war ein leises Knacken zu hören, das manchmal von den großen Kisten mit den Setzkästen ausging, da das Holz immer ein wenig arbeitete. Manchmal hatte es aber auch anderswo seinen Ursprung, ohne dass man den hätte ausmachen können.

Auf dem Parkplatz vor dem Lager hatte Fiona dann den „Aufräumer" angerufen und mit ihm einen Termin noch für denselben Tag um halb drei verabredet. Nachdem sie wieder in Crescent Bay angekommen war und ihren Wagen neben dem Haus ihrer Tante ... nein, neben *ihrem* Haus abgestellt hatte, war sie die Promenade entlanggegangen, um ein paar Häuser weiter in einem Imbiss eine Portion Fish 'n' Chips zu essen. Rundum gesättigt war sie zu ihrem Haus zurückgekehrt und um fünf Minuten vor halb drei dort angekommen. Gerade als sie die Ladentür aufschloss, ertönte hinter ihr eine Männerstimme.

„Miss Freeman?"

Sie drehte sich um und sah einen schmächtigen Mann mit einer Schiebermütze auf dem Kopf, der einen etwas schmuddelig wirkenden grauen Overall und robuste, wenn auch ziemlich ramponierte Schuhe trug. Unter den einen Arm hatte er ein Paar Arbeitshandschuhe geklemmt. „Ja, bitte?"

„Ich bin Nick Caruso, der Aufräumer", sagte er. „Ich bin in ... drei Minuten mit Ihnen verabredet", fuhr er nach einem Blick auf seine alte Taschenuhr fort, die er gleich wieder in der Brusttasche seines Overalls verschwinden ließ.

Natürlich. Der Aufräumer. Das erklärte den Overall. Der Mann war es gewohnt, Trödel einzusammeln, auf dem der Staub von Jahren oder Jahrzehnten lag. So jemand würde nicht im Anzug oder in Jeans und weißem T-Shirt zu einem Termin erscheinen.

„Mr Caruso", erwiderte sie und gab ihm die Hand. „Schön, dass Sie so schnell Zeit für mich gefunden haben."

„Das ist kein Zufall, Miss Freeman", erklärte er und folgte ihr nach drinnen. „Ich hatte schon zwei- oder dreimal mit Ihrer Tante zu tun gehabt."

„Oh, heißt das, sie hatte schon einen Teil wegbringen lassen?"

Er schüttelte den Kopf, seine grauen Locken wippten hin und her. „Ganz im Gegenteil. Ich hatte mich hier im Laden umgesehen, so wie ich das in Abständen in allen Secondhand- und Trödelläden mache, und Ihrer Tante vorgeschlagen, einen Teil des ... ,Inventars' zu übernehmen. Wissen Sie, wenn ich diese Geschäfte sehe, kann ich fast immer auf Anhieb erkennen, dass die Betreiber entweder den Überblick über ihr Angebot verloren haben oder keine Lust haben, den Kram zu sortieren und für Kunden interessanter zu machen. Das war leider auch bei Ihrer Tante der Fall, aber sie wollte nicht auf mein Angebot eingehen ..."

„Das wundert mich nicht", sagte Fiona. „Sie war nicht auf die Einnahmen angewiesen, deshalb wird es ihr egal gewesen sein."

„Den Eindruck hatte ich auch", bestätigte er. „Ich fand's besonders schade, weil ich einen Blick auf die Zeitungen im Hinterzimmer hatte werfen können, und da liegen einige echte Schätzchen, die auf eBay einiges einbringen werden. Aber man muss natürlich jedes Cover fotografieren, sich bei Illustrierten das Inhaltsverzeichnis ansehen, die wichtigsten Namen notieren und in der Anzeige aufnehmen und natürlich auf Vollständigkeit prüfen, damit sich die Kunden nicht beschweren."

Fiona ließ den Mann durch den Laden schlendern, damit er sich umsehen konnte. „Das klingt nach einer Menge Arbeit", meinte sie. „Ich kann mir zwar vorstellen, dass es anschließend interessant ist zu sehen, wie die Leute bieten, aber es wäre mir zu zeitraubend."

„Dafür gibt es halt Leute wie mich", erwiderte er lächelnd. „Natürlich hat man auch mal Pech und bekommt nicht mehr als das Startgebot von einem Pfund, weil man den falschen Zeitpunkt erwischt hat, aber insgesamt rentiert es sich, und Sie wissen ja, ich rechne auf den Penny genau ab. Alle Zahlen sind nachvollziehbar, Sie werden nicht übers Ohr gehauen."

Sie winkte freundlich ab. „Sie müssen gar nicht weiter für sich werben, Mr Caruso. Ich wusste schon, dass ich Ihnen vertrauen kann, als mir meine Freundin Ihre Nummer gab." Sie deutete auf eine Gruppe von zehn oder zwölf Vasen, die auf einem der Tische dicht gedrängt standen. „Bei den Zeitungen kann ich ja nachvollziehen, wie Sie die verkaufen. Aber was machen Sie damit? Versteigern Sie so was auch im Internet?"

Caruso schüttelte den Kopf. „Das meiste, was hier vorne steht, kostet einen nur am laufenden Band Gebühren, wenn man diese Sachen immer wieder einstellt, bis sie vielleicht mal genommen werden. Ich packe alles ein, und zu Hause sehe ich mir die Sachen flüchtig an. Mit der Zeit bekommt man einen Blick dafür, ob etwas interessant ist oder nicht. Alles, was ich

einzeln nicht loswerde, verpacke ich in Überraschungs-
kartons, so eine Art Wundertüten. Die gehen für einen
Pauschalpreis von ein paar Pfund an professionelle
Trödler, die von einem Flohmarkt zum nächsten ziehen."

„Die Trödler wissen nicht, was sie bekommen?"

„Nein, sie wissen nur, dass ich ihnen keinen Schrott
einpacke", sagte er. „Die Leute kennen mich seit Jahren
und wissen, was sie von mir erwarten können. Das
heißt, alles, was hier steht, finden Sie in ein paar Monaten auf Flohmärkten über die ganze Insel verteilt wieder. Nur was wirklich defekt oder kaputt ist, das landet
auf dem Müll, aber das ist für gewöhnlich nur ein kleiner Teil. Und hier dürfte es ein noch kleinerer Teil sein,
weil Ihre Tante zwar alles wild durcheinander hinge-
stellt hat, aber wohl auch schon darauf geachtet hat,
dass hier keine Tassen rumstehen, von denen die Hen-
kel abgebrochen sind."

„Okay, dann müssen Sie mir jetzt nur verraten, wann
Sie herkommen können, um das alles abzutransportie-
ren", sagte sie, während sie zufrieden nickte.

„Sie wollen die Sachen so schnell wie möglich loswerden?"

„In gute Hände übergeben", korrigierte sie ihn
freundlich. „Wenn ich die Sachen einfach loswerden
wollte, hätte ich einen Müllcontainer bestellt. Ich will
nicht so achtlos mit etwas umgehen, was meiner Tante
wichtig war."

Caruso nickte. „Gute Einstellung, Miss Freeman." Er
sah auf seine Taschenuhr. „Meine Helfer können mit
dem Transporter in einer halben Stunde hier sein, und

für das alles werden wir … hm … keine zwei Stunden brauchen."

„So bald und so schnell?", fragte sie erstaunt.

„Ich kann Ihnen auch einen Termin Mitte Dezember geben, wenn Ihnen das lieber ist", gab er lachend zurück.

„O Gott, nein, nein, so war das nicht gemeint!", rief sie und musste ebenfalls lachen. „Ich hatte nur nicht erwartet, dass es *so* schnell gehen würde. Rufen Sie Ihre Kollegen ruhig an."

„Alles klar", sagte er und griff zum Telefon.

Als Caruso ein paar Minuten später wieder in den Laden kam, zog alles wie im Zeitraffer an Fiona vorbei. Der Mann hatte aus seinem Wagen einen Stapel zurechtgeschnittene Stücke Luftpolsterfolie mitgebracht, der vierzig bis fünfzig Zentimeter hoch sein musste. Er legte ihn auf einen Stuhl, nachdem er den freigeräumt hatte. Dann zog er seine Arbeitshandschuhe über und wickelte wie am Fließband Teller, Tassen, Gläser, Vasen und andere zerbrechliche Dinge in die schützende Folie und legte alles behutsam zur Seite, wobei er gleichzeitig vorsortierte und Teller und Tassen stapelte, während die Gläser etwas abseits ihren Platz fanden.

Immer wieder fühlte sich Fiona versucht, ihn zu fragen, ob sie ihm helfen könne, aber dann sah sie, wie zielsicher er bestimmte Gegenstände von der Vitrine und von den Tischen und aus den Regalen zusammensuchte. Ganz sicher würde sie ihn nur stören und sein Arbeitstempo bremsen, aber genau das wollte sie ja vermeiden. Also hielt sie sich zurück.

Als eine halbe Stunde später ein Transporter vorfuhr und zwei muskulöse Männer vom Typ Möbelpacker in den Laden kamen, hatte Caruso gut drei Viertel des Bestands auf der Vitrine und den Tischen sicher eingepackt und zur Seite gelegt. Die beiden Männer, die sich so ähnlich sahen, dass Fiona sich nicht sicher war, ob sie womöglich Zwillinge waren, brachten große Plastikboxen mit. Nach einer kurzen Besprechung mit ihrem Chef gingen sie nach hinten und begannen, die Zeitungen und Zeitschriften in die Plastikboxen zu legen. Die waren so geräumig, dass keine Zeitung geknickt werden musste, um darin Platz zu finden. Die vollen Boxen schleppten sie nach draußen zum Transporter, mit neuen, leeren Boxen kehrten sie zu Fiona zurück. Die Regalböden leerten sich in einem atemberaubenden Tempo, und dabei gingen die Männer nicht ein einziges Mal unvorsichtig mit den Zeitungen um. Offenbar wussten sie, welchen Preis jedes einzelne Exemplar einbringen konnte, wenn es beim Transport keine Beschädigungen davontrug.

Nach nicht einmal eineinhalb Stunden war alles erledigt. Die Vitrine war leer, Gleiches galt für die Tische und die Regale im Laden, und auch im Lagerraum dahinter herrschte auf den Regalböden gähnende Leere. Sie bedankte sich bei Caruso und dessen Helfern und begleitete sie nach draußen. Nachdem sie abgefahren waren, drehte sie sich zu ihrem Haus um.

„Ein Fingerhutladen", murmelte sie und betrachtete das Schaufenster, das das leere Geschäft dahinter zeigte. „Fiona Freeman, du musst völlig verrückt sein."

Kapitel 5

Nachdem sie und Leslie am nächsten Morgen weitere zwei Stunden damit verbracht hatten, seitenlange Listen abzufotografieren, der Berg an Plastikkisten dabei aber kaum zu schrumpfen schien, fasste Fiona einen Entschluss. „Weißt du was? Ich schaffe einfach die ersten fünfzehn Kisten in den Laden, damit ich überhaupt mal ein Gefühl dafür bekomme, wie viel Platz diese Fingerhüte in den Setzkästen und in der Vitrine einnehmen. Ich will ja auch nicht zu viel Auswahl haben, sonst haben die Kunden das gleiche Gefühl wie in Tante Beverlys Laden, dass sie nicht wissen, wohin sie als Erstes sehen sollen. Ich kann auch nicht die Wand bis unter die Decke mit Setzkästen vollhängen. Dann findet nämlich auch kein Mensch das, was er sucht, und am Ende geht er dann frustriert, ohne etwas gekauft zu haben", sagte sie. „Und bei der Menge hätte ich ja selbst keinen Überblick mehr, wo was zu finden wäre."

„Richtig. Weniger ist also mehr, und wenn jemand nach einem Fingerhut aus ..." Leslie sah auf die Liste, die vor ihr lag. „... aus Novosibirsk sucht, dann kannst du das notieren und ihm Bescheid geben, sobald du was gefunden hast."

„Richtig. Fingerhut on demand sozusagen", gab Fiona amüsiert zurück und schnippte mit den Fingern. „Ich brauche eine Internetseite! Wieso habe ich daran noch nicht gedacht?“

„Weil du nicht an alles denken kannst“, antwortete Leslie. „Du musst schließlich auch noch zur Bezirksverwaltung und dich erkundigen, was du alles erledigen musst, *bevor* du den Laden aufmachst. Und du musst dich garantiert um irgendwelche Versicherungen kümmern.“

Fiona stöhnte auf. „Bis ich damit fertig bin, ist die Hauptsaison durch, und die Touristen sind weg.“

Leslie legte ihr besänftigend eine Hand auf die Schulter. „Keine Sorge, die Touristen sind nie weg. In der Woche ist zwar nach den Sommerferien weniger los, aber an den Wochenenden kommen die Leute bei jedem Wetter her. Crescent Bay ist einfach das ganze Jahr hindurch idyllisch, sogar wenn es hier richtig kalt ist.“ Sie machte eine ausholende Geste. „Keines der Geschäfte an der Promenade schließt im Winter, und sogar die Lokale unten am Strand machen weiter. Die setzen einfach ein Flachdach auf die Terrasse auf, und schon sitzt du im Warmen und kannst einen heißen Tee genießen, während draußen ein Herbststurm vorbeizieht.“

„Tatsächlich?“

„Wenn ich es dir doch sage.“ Leslie nickte nachdrücklich. „Ich arbeite auch das ganze Jahr im Restaurant, weil immer genug zu tun ist. Gut, jetzt im Sommer haben wir zwei Aushilfen, aber die brauchen wir auch für unsere Außengastronomie.“

„Okay“, murmelte Fiona und atmete ein wenig entspannter durch. „Aber das ändert nichts daran, dass ich jetzt erst mal Zeit bei der Eröffnung verliere, wenn ich vorher noch so viele andere Punkte klären muss.“

„Da fällt mir ein, dass du doch mal bei der Handelskammer anrufen könntest", schlug Leslie ihr vor. „Die können dir bestimmt eine Liste geben, was du alles erledigen musst. Da hast du dann alle Informationen auf einmal. Und vielleicht gibt es ja auch noch irgendeinen ... was weiß ich ... ,Begleitservice', der dich unterstützt oder dir Arbeiten abnimmt."

„Gute Idee!", sagte Fiona begeistert. „Dann nehmen wir erst mal die Kisten mit, die da drüben stehen. Es ist ja nicht so, als hätte sich Tante Beverly die Mühe gemacht, die Fingerhüte nach Orten, Ländern oder nach irgendeinem anderen System zu ordnen. Überall ist von allem was drin, also habe ich in jedem Fall eine gute Mischung, die ich in die Setzkästen sortieren kann." Sie zeigte auf eine Ecke. „Allerdings will ich mir noch diese Kiste da unten ansehen. In der scheint sich irgendetwas anderes zu befinden, irgendwas Größeres."

Nachdem sie alles weggeräumt hatten, was darauf gestapelt worden war, hob Fiona die Kiste hoch und schnappte verdutzt nach Luft. „Die ist ja viel schwerer." Sie öffnete sie und stellte fest, dass der Zettel mit der Zusammenstellung des Inhalts fehlte.

„Sind das Zigarrenkisten?", fragte Leslie, als sie sah, dass etwas Längliches, Kantiges in mehrere Lagen Folie gewickelt worden war.

„Mal sehen", sagte Fiona und schnitt die Folie so auf, dass sie sie fast unversehrt abwickeln konnte. „Ich glaube, wenn man sämtliche Stücke Folie zusammenklebt, könnte man damit in bester Christo-Manier den kompletten Big Ben verhüllen."

„Mindestens", stimmte ihre Freundin ihr zu.

„Keine Zigarrenkiste", sagte sie schließlich, als alle Folie entfernt war. „Sondern eine edle Schatulle." Sie strich über das polierte dunkle Holz, dann öffnete sie den Messingverschluss und hob den Deckel an.

„Wow", flüsterte Leslie, als Fiona die Schaumstoffabdeckung wegnahm und darunter zwölf auf dunkelblauen Samt gebettete Fingerhüte zum Vorschein kamen. „Was ist denn das?"

Fiona zog eine gefaltete Karte aus einer Tasche, die man in den Deckel geklebt hatte. „Die Picasso-Kollektion 1999, limitierte Auflage", las sie vor. „Nummer 27 von 250 weltweit." Vorsichtig hob sie einen Fingerhut aus der Vertiefung im Samt und betrachtete ihn. „Sieht so aus, als wäre jeder Fingerhut einer anderen Phase seines Schaffens nachempfunden."

„Die dürfte was wert sein", sagte Leslie. „Und die ganze Kiste ist bis oben hin voll mit solchen Schatullen. Ob sie alle zweihundertfünfzig Exemplare gesammelt hat?"

Lachend schloss Fiona die Holzkiste und wickelte sie wieder in die Folie ein. „Ich weiß nicht, ob ich das hoffen soll oder nicht."

„Wieso weißt du das nicht?", fragte ihre Freundin verwundert.

„Na ja, wenn diese Kollektion einen Tausender wert ist, dann hätte ich gern alle zweihundertfünfzig Kisten, um damit ein Vermögen machen zu können", erklärte sie. „Aber wenn diese Sammlung von Anfang an ein Ladenhüter war, kann ich froh sein, wenn ich pro Kiste einen Fünfer bekomme. Sofern die überhaupt einer haben will."

Sie nahm die nächste Schatulle, die deutlich größer war, und packte sie aus. Das vermutlich billige Holz war mit Kunstleder bezogen, der Verschluss ging fast von selbst auf. „Das Teil sieht aus wie die absolut kostenlose Extra-Sonder-Gratisbeigabe zu irgendeinem Plunder, der nur bei einem Shoppingsender eine Chance hat, Käufer zu finden. Edles Holzimitat in Schlangenlederoptik, oder anders ausgedrückt ..."

„... dicke Pappe, die man mit Plastikfolie beklebt hat", führte Fiona den Satz lachend zu Ende. „Ja, an etwas in dieser Art musste ich auch gerade denken." Sie öffnete die längliche Kiste. „Oh, das sieht innen ja viel besser aus als außen. Alle Bundesstaaten der USA ..." Sie nahm einen der Fingerhüte heraus, der auf der Vorderseite die Umrisse von Louisiana zeigte. „... und hinten steht die Hauptstadt, die Anzahl der Einwohner und so weiter." Zufrieden legte sie den Fingerhut zurück und schloss die Kiste. „Auf jeden Fall etwas für Sammler, auch wenn die Verpackung ein bisschen armselig daherkommt."

„Du weißt, was das bedeutet?", fragte Leslie in einem fast wehleidigen Tonfall.

Fiona atmete seufzend durch und nickte. „O ja, jede Menge Internetrecherche, um einen ungefähren Verkaufspreis festzusetzen. Ich kann also nicht einfach hingehen und sagen: ‚Die simplen Fingerhüte kosten vier fünfundneunzig, die etwas besseren fünfzig Pence mehr und so weiter.'"

„Richtig. Obwohl ich glaube, die ganz normalen Motive wie Stadtwappen oder Landesflaggen werden nicht besonders wertvoll sein. Jedenfalls nicht, wenn sie nicht als Sammlung daherkommen wie diese Bundesstaaten."

„Mal sehen, was das Internet dazu sagt." Sie packte die Kiste ein, machte die Plastikbox zu und stellte sie in den Gang, dann schob sie zwei weitere Boxen dazu. „Kannst du einen von diesen Rollwagen holen, die vorne neben der Tür stehen? Dann können wir die schon mal zum Wagen schaffen und sehen, wie viel Platz noch bleibt."

Leslie schüttelte den Kopf. „Meinst du, das passt alles rein?"

„Will ich doch hoffen", sagte Fiona. „Ich schließe hier erst mal ab. Man weiß ja nie, wer sich hier so alles herumtreibt."

Wenige Minuten später standen sie mit dem Rollwagen an ihrer Seite hinter Fionas Vauxhall und versuchten, die Kiste zu drehen, um sie vielleicht quer in den Kofferraum bugsieren zu können. Aber die Maße des Kofferraums und die der Kiste voller Fingerhüte waren einfach nicht miteinander in Einklang zu bringen. Die Kiste war zu hoch, aber selbst wenn sie das nicht gewesen wäre, hätten sie es nicht geschafft, sie unter der Kante des Kofferraums hindurchzuschieben.

„Wie kann man nur solche riesigen Kisten kaufen?", wunderte sich Fiona und zog mürrisch die Augenbrauen zusammen.

„Wie kann man nur ein Auto mit so einem winzigen Kofferraum kaufen?", konterte Leslie mit einem Augenzwinkern.

„Immerhin ist die Grundfläche meines Kofferraums groß genug, während der Zwergenkofferraum bei deinem kleinen Auto nicht mal groß genug ist, um die

Kiste hochkant hinzustellen", gab Fiona zurück. „Und die Rückbank lässt sich auch nicht umklappen."

„Theoretisch geht das schon", verteidigte sich ihre Freundin. „Woher soll ich wissen, dass der Mechanismus klemmt, wenn ich die Rückbank noch nie umklappen musste? Wenigstens habe ich das innerhalb der Garantiezeit festgestellt, da bekomme ich das wenigstens kostenlos repariert."

„Aber leider nicht in den nächsten zehn Minuten", seufzte Fiona. „Versuchen wir mal, das Ding auf den Rücksitz zu schieben. So was muss doch möglich sein."

„Warum müssen wir uns auch beide unabhängig voneinander für Zweitürer entscheiden?", murmelte Leslie, als sie den Beifahrersitz umklappte und nach hinten kletterte, um die Kiste zu ziehen, während Fiona sie schob.

Falls Fiona sie hätte schieben können.

Was aber nicht ging. In der Breite passte die Box nicht durch den freien Raum, und längs gehalten war die Beifahrertür im Weg, sodass sie die Box nicht weit genug herumdrehen konnten. „Das brauchen wir bei meinem Wagen gar nicht erst zu versuchen. Da ist nach hinten noch weniger Platz als hier."

„Das heißt, wir haben zwei Autos zur Verfügung und können mit jeder Runde genau keine Box runter zu meinem Laden bringen?" Fiona schnaubte frustriert.

„Das heißt es", bestätigte Leslie. „Du wirst einen Kastenwagen mieten müssen, um diese Kisten transportieren zu können."

„Wenn das so ist", erwiderte sie grimmig, „dann miete ich auch gleich noch zwei kräftige Kerle, die die Kisten hier rausholen, runterbringen und zu mir in den Laden tragen." Sie zog ihr Smartphone aus der Tasche und begann nach einem passenden Anbieter zu suchen.

„Ich fahre in der Zwischenzeit die Boxen wieder rein", sagte Leslie und stellte die Box zurück auf den Rollwagen, die sich allen Anstrengungen widersetzt hatte.

Als Leslie ein paar Minuten später zurückkam, schaute Fiona erleichtert drein. „Ich habe einen Spediteur gefunden, der mir morgen einen Transporter und zwei Leute überlassen kann. Wir treffen uns hier um neun, dann mache ich ihnen die Tür auf, und sie können so viel aus dem Lager schaffen, wie sie in den Wagen packen können. Ich fahre ins Dorf und warte dann auf sie."

„Und was machst du bis dahin?", wollte ihre Freundin wissen.

„Streichen", verkündete Fiona. „Die Farbe habe ich gestern schon beschafft, eine Leiter ist auch da. Und dann kann ich nur noch hoffen, dass da keine zehn Lagen Tapeten runterkommen, sobald ich eine Schicht Farbe aufgetragen habe."

„Und hoffentlich auch nicht ein Dutzend Schichten Farbe übereinander", ergänzte Leslie und drückte die Daumen. „Die neigen nämlich auch dazu, irgendwann der Schwerkraft zu folgen. Ich hab's in meinem Haus gemerkt, als meine Eltern weggezogen waren. Da durfte ich für die Sünden meines Vaters büßen, weil der Jahr für Jahr die Decke gestrichen hatte, ohne auch nur einmal die alte Farbe zu entfernen."

Fiona verzog den Mund. „Also wenn, dann soll bitte alles sofort runterkommen, wenn ich anfange zu streichen, aber nicht erst in zwei Wochen, wenn alles eingerichtet ist. Da will ich nicht eines Morgens in den Laden kommen und feststellen müssen, dass sich über Nacht alle Tapeten von den Wänden gelöst haben."

„Was für ein frommer Wunsch", sagte ihre Freundin grinsend, während sie ihr den Schlüssel zum Lagerraum zurückgab.

„Vielleicht sollte ich nach einer Kirche suchen und eine Kerze für den Schutzheiligen der Tapezierer und Anstreicher anzünden", überlegte sie ironisch.

Zu Fionas Erleichterung war es gar nicht nötig gewesen, eine Kerze für einen Schutzheiligen anzuzünden, dessen Namen sie gar nicht kannte und von dem sie nicht mal wusste, ob es ihn überhaupt gab. Sie hatte mit Heiligen aller Art so gut wie nichts zu tun, weshalb es mehr als fraglich gewesen wäre, ob ihr überhaupt irgendjemand beigestanden hätte.

Glücklicherweise brauchte sie keinen Beistand, und nachdem sie vom Lager in ihr Haus zurückgekehrt war, holte sie die Leiter aus dem Abstellraum, legte den Fußboden mit Folie aus, die sie zusammen mit der Farbe und der Rolle im Baumarkt gekauft hatte, und begann zu streichen. Nachdem die erste Wand fertig war, griff sie zum Telefon und rief bei der Handelskammer an. Sie trug ihr Anliegen vor und wurde prompt mit einer freundlichen Mitarbeiterin verbunden, die mit ihr für den übernächsten Tag einen Termin vereinbarte – in ihrem Geschäft in Crescent Bay. Sie musste nicht mal nach weiß der Himmel wohin fahren, sondern die Frau würde herkommen und alles Maßgebliche hier mit ihr bereden. Viel besser konnte es nicht laufen.

Gleich danach rief sie ihren Chef an und bat ihn, ihr zwei oder besser drei Monate unbezahlten Urlaub zu gewähren. Ihre offizielle Begründung lautete, dass sie unerwartet viel Arbeit mit dem Nachlass ihrer Tante hatte und so viele Dinge zu erledigen seien, dass sie das nicht in zwei bis drei Wochen schaffen konnte. Ihr Chef war zwar nicht begeistert, willigte aber nach kurzem Schweigen ein. Sie dankte ihm für sein Verständnis, auch wenn es ihr gar nicht gefiel, sich diese drei Monate unter falschen Behauptungen zu erschleichen. In Wahrheit waren diese drei Monate der Zeitraum, den sie sich selbst geben wollte, um zu sehen, ob ihre Geschäftsidee Anklang fand und Zukunft hatte. Hätte sie ihrem Chef die Wahrheit gesagt, wäre der sehr wahrscheinlich nicht begeistert gewesen, dass ihre alte Stelle nur noch zweite Wahl war und als eine Art Sicherheitsnetz diente für den Fall, dass sich kein Mensch auch nur für einen einzigen Fingerhut interessierte.

Fiona war froh, dass sie dieses Telefonat hatte führen können, ohne dass Leslie etwas davon mitbekam. Die hätte ihr ansonsten nämlich ins Gewissen geredet, das ohnehin schon auf wackligen Beinen stand, dass es wohl nur eine Frage der Zeit gewesen wäre, bis sie ihren Chef angerufen und ihm den wahren Grund für ihre Bitte genannt hätte. Aber auch wenn sie bei ihrer Lüge ein gewisses Unbehagen verspürte, zahlte sie es ihrem Chef letztlich nur heim. Immerhin hatte der im letzten Jahr ihrer Freundin Jenny eine Festanstellung in Aussicht gestellt, wenn sie bereit war, eine gewisse Zahl an unbezahlten Überstunden zu leisten – was Jenny natürlich bereitwillig getan hatte, da sie nur für drei Monate befristet eingestellt worden war. Letztlich war ihr Einsatz vergebens gewesen, da ihr am letzten Tag wie selbstverständlich mitgeteilt worden war, dass eine weitere Beschäftigung nicht erfolgen würde. Jennys Proteste waren ins Leere gelaufen, da ihr Chef schlichtweg abstritt, ihr ein solches Angebot gemacht zu haben.

Also war es nur gerecht, wenn sie ihn jetzt ein wenig zappeln ließ, um ihm dann in drei Monaten hoffentlich sagen zu können, dass sie nicht zurückkommen würde.

Als sie am Donnerstagmorgen nach unten kam, stellte sie erfreut fest, dass die Farbe auch nach einer Nacht nicht auf die Idee gekommen war, sich wieder von der Wand zu lösen. So konnte es gern bleiben, fand Fiona. Sie fuhr zum Lagerhaus, ließ die beiden Männer von der Spedition in ihren Lagerraum und machte sich dann wieder auf den Weg, um weiter die Wände zu streichen.

Gegen zwei Uhr am Nachmittag traf der Transporter ein. Die beiden Männer stellten ihn vor ihrem Laden ab, einer von ihnen kam rein, entdeckte Fiona auf der Leiter und rief ihr zu: „Miss, wir gehen noch schnell was essen. Wir hatten bislang ja keine Gelegenheit, Pause zu machen."

Sie sah auf die Armbanduhr und stutzte beim Anblick der Uhrzeit. „Sie haben über vier Stunden gebraucht, um die Kisten einzuladen? Soll das ein Witz sein?"

Der bärtige Mann, der eben noch da gestanden hatte, antwortete nicht, da er längst gegangen war, ohne ihr Einverständnis abzuwarten. Als sie zum Schaufenster sah, konnte sie gerade noch beobachten, wie sie grinsend nach rechts verschwanden. „Das hat man davon, wenn man Möbelpacker unbeaufsichtigt arbeiten lässt", murmelte sie, widmete sich dann aber wieder

der Wand und der Farbe, die sie mit der Rolle darauf verteilte.

Gut eine halbe Stunde später unterbrach sie die Arbeit, um in die Küche zu gehen und einen Schluck Limo zu trinken. Als sie zurückkam, stand ein Mann in Jeans und T-Shirt nahe der Tür im Laden und sah sich um. Wie es schien, hatten die Möbelpacker Verstärkung angefordert, um möglichst schnell alles auszuladen.

„Hey, Mister", rief sie ihm zu. „Ihre Kollegen meinten, sie müssten erst noch ihre Mittagspause nachholen. Aber ich bezahle Sie und Ihre Kollegen nicht fürs Rumstehen und Gucken. Schaffen Sie bitte die Kisten rein."

„Ich? Also ... ähm ..."

„Ja, Sie", sagte Fiona. „Ich sehe außer Ihnen keinen Möbelpacker, den ich meinen könnte. Also, legen Sie bitte los."

„Loslegen? Aber was ...?"

„Da draußen steht *Ihr* Transporter, vollgepackt mit *meinen* Kisten", erklärte sie bedächtig, da der Mann offenbar Probleme hatte, ihr zu folgen. Dabei sah er so gut aus, dass sie ihn gar nicht für einen Möbelpacker gehalten hätte, wenn sie ihm am Strand oder in einem Lokal begegnet wäre. Vielleicht kam er ihr aber auch nur so attraktiv vor mit seinen zurückgekämmten, fast etwas zu langen dunkelbraunen Haaren, weil er keinen von diesen schmuddeligen blauen Overalls trug und einen gepflegten Dreitagebart zur Schau stellte, während der eine Kollege einen schrecklich zotteligen Vollbart hatte und der andere mit seinem Wust aus Rastalocken auch gar nicht ihr Typ war. „Sie sollen die Kisten rausholen und in den Raum da hinten bringen. Also genau das, was im Auftrag notiert ist und wofür Sie hier sind."

Sie zeigte auf ihre Leiter. „Ich muss mich jetzt wieder um meine Wand kümmern. Die streicht sich nämlich genauso wenig von selbst, wie meine Kisten von selbst aus dem Transporter springen und hereingelaufen kommen.“

Dann drehte sie sich weg, ging zur Leiter und kletterte nach oben. Als sie die Rolle vorsichtig in den Farbeimer tunkte, hatte sie das Gefühl, dass der Kerl immer noch an der Tür stand und sie anstarrte. Dennoch drehte sie sich nicht um. Je länger sie ihm ihre Aufmerksamkeit schenkte und je länger er sie in eine Unterhaltung verwickelte, umso mehr Zeit würde er schinden, ehe er die erste Kiste hereinbrachte.

Sie verteilte die Farbe auf der Wand und sah aus dem Augenwinkel, dass der Mann ihren Laden verlassen hatte und vor dem Transporter stand, als hätte er noch nie einen Wagen entladen. Schließlich öffnete er die seitliche Schiebetür und schien zu erschrecken, dass sich die Kisten bis unter die Decke stapelten. Er streckte sich und zog vorsichtig an der obersten Box, dann merkte er offenbar, dass sie nicht annähernd so schwer war, wie sie aussah.

Augenblicke später hörte sie ihn ins Geschäft kommen. „Und … ähm … wohin sollen die?“, fragte er.

„Nach hinten“, sagte sie und deutete in Richtung Hinterzimmer. „Stellen Sie sie in eines der Regale. Wo, ist egal, weil ich nachher sowieso noch alles sortieren muss.“

„Aha“, machte er nur und verschwand nach hinten. Dann ging er abermals nach draußen, blieb aber erst noch an der Tür stehen und sah zu ihr, als würde er angestrengt überlegen, wie er sie in eine Unterhaltung verwickeln konnte – um wieder Zeit zu schinden und ihr in Rechnung zu stellen.

Fiona tat so, als würde sie davon nichts mitbekommen. Nach der zweiten Kiste wiederholte sich das Spiel, aber sie ging auch jetzt nicht darauf ein, sondern musterte kritisch die Wand, als wollte sie sich vergewissern, dass sie auch keine Stelle übersehen hatte.

Als er nach der dritten Kiste aus dem Hinterzimmer kam, klingelte sein Handy. Er zog es aus der Hosentasche und meldete sich, sprach aber so leise, dass Fiona nichts verstehen konnte. Schließlich legte er auf und erklärte: „Tut mir leid, Miss, aber ich muss jetzt gehen. Eine dringende Angelegenheit, die keinen Aufschub zulässt.“

„Ja, schon klar“, gab sie in sarkastischem Tonfall zurück. „Lassen Sie sich die Pizza schmecken.“

Er kniff irritiert die Augen zusammen. „Pizza?“

„Oder was immer Sie bestellt haben, was jetzt auf Sie wartet und kalt wird“, sagte sie und zwinkerte ihm zu. Er sollte nicht glauben, dass er mit seiner ahnungslosen Tour bei ihr durchkam.

„Ich ... ähm ... keine Ahnung, was Sie damit sagen wollen, aber ich muss jetzt wirklich los. Bis ... irgendwann.“

„Grüßen Sie Ihre Kollegen“, rief sie ihm hinterher und sah noch, dass er nach links davoneilte. „Bestimmt macht er einen Umweg, damit ich glaube, dass er nicht essen geht“, sagte sie zu sich und strich weiter die Wand.

Es war bereits fast halb vier, als die beiden anderen Möbelpacker zurückkehrten. „So, Miss Freeman, wo sollen denn die Kisten hin?“

„Da, wo Ihr Kollege schon drei Stück deponiert hat, bevor er wegen akuter Entkräftung das Weite suchen musste", antwortete Fiona, die die Leiter ans Schaufenster gestellt hatte, da nur noch ein Streifen über dem Fenster einen neuen Anstrich brauchte.

„Welcher Kollege?", fragte der Bärtige.

„Der aufgetaucht war, kurz nachdem Sie sich in die Pause verabschiedet hatten", sagte sie.

„Wir machen die Tour zu zweit", erwiderte der Mann. „Nur wir zwei."

„Und wer soll dann dieser Mann gewesen sein, der drei Kisten reingetragen hat?", wollte sie wissen.

„Fragen Sie nicht uns", sagte der Bärtige.

„Vielleicht ein Geist von jemandem, der hier mal gelebt hat?", merkte der Rastalockenträger in einem Tonfall an, als würde er es ernst meinen.

„Nach einem Geist sah er nicht aus", entgegnete Fiona und fragte sich, wen sie da bloß für einen Möbelpacker gehalten hatte. Während sich die beiden daran begaben, den Transporter auszuladen, gerieten Fionas Überlegungen außer Rand und Band. Hatte sie einem Einbrecher erlaubt, sich in ihrem Laden umzusehen, damit er wusste, wie er am besten eindringen konnte? Wer würde freiwillig Kisten schleppen, mit denen er nichts zu tun hatte? Wenn er kein Möbelpacker war, warum hatte er das nicht einfach gesagt? Warum hatte er die Verwechslung nicht aufgeklärt? Fiona stand da, starrte aus dem Schaufenster am Transporter vorbei aufs Meer und presste die Lippen zusammen, während sie sich zwingen musste, ihre Fantasie im Zaum zu halten.

Plötzlich hörte sie, wie sich hinter ihr jemand räusperte. Erschrocken fuhr sie herum, erkannte dann aber, dass es sich nur um einen der beiden echten Möbelpacker handelte.

„Was gibt es?", fragte sie.

„Nichts, wir sind nur fertig", sagte der Mann. „Sie müssen nur noch den Stundenzettel unterschreiben, dann sind wir weg."

„Sie sind fertig?" Sie sah auf ihre Armbanduhr. Zwei Minuten nach fünf. „Schon?"

„Na ja, ging halt zügig", meinte er unbekümmert.

„Und ich soll jetzt einen Stundenzettel unterschreiben, der besagt, dass Sie acht Stunden gearbeitet haben?"

Der Mann nickte. „Von heute Morgen um neun bis jetzt."

Argwöhnisch zog Fiona eine Augenbraue hoch. „Lassen Sie mich gerade mal nachrechnen. Sie haben jetzt zu zweit den Wagen innerhalb von eineinhalb Stunden ausgeräumt, obwohl Sie jedes Mal mit einer einzigen Box von draußen bis ins Hinterzimmer gehen mussten. Im Lager konnten Sie Rollwagen benutzen, auf denen sich mindestens vier Boxen transportieren lassen. Mit zwei Rollwagen waren Sie also in der Lage, pro Runde mindestens acht Boxen zu Ihrem Transporter zu bringen, und trotzdem haben Sie für diese Arbeit dreimal so lange gebraucht wie hier?" Sie merkte, wie das unbekümmerte Lächeln von den Lippen des Mannes wich. „Und Ihre eineinhalbstündige Pause haben Sie einfach mitgerechnet, obwohl die Pause laut Ihren Geschäftsbedingungen für die Dauer von einer halben Stunde bezahlt werden muss, weil sie zur Arbeitszeit zählt?"

Die Männer sahen sich mit einer Mischung aus Betroffenheit und Verärgerung an, beides zweifellos eine Reaktion darauf, dass sie durchschaut worden waren.

„Ich denke, Sie haben die Wahl, mir einen korrekten Stundenzettel zur Unterschrift zu geben, oder Sie können gern mithören, wenn ich diese ... Unstimmigkeiten mit Ihrem Chef kläre, der bestimmt die eine oder andere Frage von Ihnen beantwortet haben möchte."

Minuten später legte Fiona die Durchschrift eines Stundenzettels zur Seite, der wundersamerweise von acht Stunden auf weniger als die Hälfte geschrumpft war. Die Laune der beiden Möbelpacker war natürlich auf dem Tiefpunkt, zumal sie nach der Rückkehr ins Büro würden erklären müssen, wie sie mit etwas mehr als dreieinhalb Stunden Arbeit einen ganzen Arbeitstag hatten verbringen können.

Aber das war nicht ihr Problem. Sie hatte ein ganz anderes Problem, nämlich diesen rätselhaften Kistenträger ...

Kapitel 6

„Und du hast keine Ahnung, wer der Typ war?“, fragte Leslie, die am Freitagmorgen ganz früh zu Fiona gegangen war, um ihr dabei zu helfen, die Setzkästen aufzuhängen. Um die Abdeckung der Kästen – ob nun aus Glas oder aus Plexiglas – konnte sie sich übers Wochenende immer noch Gedanken machen, wenn erst mal alle Fingerhutregale aufgehängt und bestückt waren.

„Nein, keine Ahnung. Ich weiß praktisch nichts über ihn, nur dass ich ihn auf Anhieb wiedererkennen würde, wenn er jetzt zur Tür hereinkäme“, sagte Fiona. „Oder wenn er vor dem Schaufenster stehen würde, weil die Tür ja jetzt abgeschlossen ist.“

„Irgendwie seltsam“, meinte Leslie und zuckte mit den Schultern.

„Ich find’s mehr unheimlich als seltsam, weißt du? Vielleicht hat mich ja dieser Anruf, den er bekommen hat, vor Schlimmerem bewahrt“, überlegte sie. „Man kann ja nie wissen. Vielleicht wird er von der Polizei gesucht, und jemand hatte ihn gewarnt, weil möglicherweise gerade ein Streifenwagen durch Crescent Bay fuhr. Er hat sich daraufhin schnell abgesetzt, weil er nicht hier im Laden auf frischer Tat ertappt werden wollte. Was auch immer das für eine Tat hätte sein können.“ Nach einer kurzen Pause fügte sie hastig hinzu: „Worüber ich mir lieber keine Gedanken machen möchte!“

„Dann wechseln wir das Thema", beschloss Leslie. „Haben die richtigen Möbelpacker denn wirklich den ganzen Lagerraum ausgeräumt?"

„Ja, haben sie", bestätigte Fiona. „Dass ich sie gestern Nachmittag fragen wollte, wie viel noch im Lager ist, fiel mir erst ein, als sie bereits weg waren. Ich bin dann noch mal zum Lager und war ganz mutig, aber zum Glück herrschte da richtig Hochbetrieb. Auf dem Parkplatz standen sechs Autos, als ich ankam, und auf dem Weg zu meinem Raum kam ich an zwei anderen Räumen vorbei, in denen die Leute gerade mit irgendwas zugange waren. Auf jeden Fall ist mein Lagerraum komplett ausgeräumt, aber deshalb kann ich mich ja im Hinterzimmer kaum noch bewegen. Ich musste heute früh durch den Hinterausgang raus und über den Hof nach vorn gehen, um durch die Ladentür wieder ins Haus zu kommen. Na ja, aber das wird sich heute im Laufe des Tages bessern, wenn ich erst mal ein paar Kisten ausgepackt habe. Ich weiß bloß nicht, was ich mit den leeren Kisten anfangen soll."

„Zurück ins Lager würde ich vorschlagen", sagte Leslie.

Fiona verzog den Mund. „Der Gedanke ist nicht schlecht, jedenfalls im ersten Moment. Aber ob die Boxen nun voll oder leer sind, sie passen trotzdem nicht in den Wagen. Weder in meinen noch in deinen. Und ich habe keine Lust, die Spedition noch mal herkommen zu lassen, nur um die leeren Kisten wegzubringen."

Leslie zuckte mit den Schultern. „Du hast doch den Hinterhof."

„Was ist damit?"

„Na ja, die Boxen ohne Deckel kannst du ineinander stellen, da bleibt am Ende nur ein Turm aus Boxen übrig. In eine Plane gewickelt könntest du die doch erst mal auf dem Hof zwischenlagern. Die Deckel kannst du genauso stapeln, einpacken und dazulegen", überlegte sie. „Das macht dem Kunststoff ja nichts aus, wenn er unter freiem Himmel gelagert wird, und so bald wirst du sicher nicht dazu kommen, den Hof zu begrünen, oder was meinst du?"

Fiona seufzte leise. „Nein, so bald ganz sicher nicht."

„Na, also. Dann stellst du alle leeren Boxen erst mal nach draußen, dann kannst du dich auch wieder in deinem eigenen Haus frei bewegen", sagte Leslie. „So, und jetzt kümmern wir uns um den ersten Setzkasten, damit es hier bald mal nach Laden und nicht nur nach Lager aussieht."

Als Leslie sich gegen halb zwölf auf den Weg zum Restaurant begab, um zeitig zur Mittagsschicht da zu sein, hingen an der Wand rechts von der Eingangstür acht Setzkästen, verteilt auf zwei Reihen. Fiona hatte gehofft, die Kästen in drei Reihen aufzuhängen, um mehr Fingerhüte unterbringen zu können, doch nachdem Leslie auf der Leiter stehend einen Kasten in der erforderlichen Höhe an die Wand gehalten hatte, war ihnen schnell klar geworden, dass man zwar in den untersten drei Reihen noch die Motive erkennen konnte. Aber alles, was sich oberhalb davon befand, war einfach zu weit weg, um die winzigen Ortsnamen oder die kleinen Abbildungen von Denkmälern und berühmten Gebäuden noch auszumachen. Hinter der Theke hatten sie insgesamt sechs Kästen aufgehängt, außerdem noch einmal drei Stück an der Wand, hinter der sich der Lagerraum befand. Da sich Kunden aber nicht hinter die Theke begeben sollten, hing dort nur eine Reihe Kästen. Die Theke hatte Fiona so stehen lassen, wie sie sie vorgefunden hatte, allein schon aus dem Grund, dass man mehrere Leute benötigt hätte, um sie zu verschieben. Der zweite Grund war, dass sie nicht wusste, wie die Glasscheiben auf solche Bewegungen reagieren würden, nachdem die Theke schon eine halbe Ewigkeit dort gestanden haben musste.

Es war auch nicht unbedingt erforderlich, denn die Theke stand nahe genug an der Wand, um die Fingerhüte von der anderen Seite immer noch erkennen zu können. Gleichzeitig war für Fiona genug Platz, um sich hinter der Theke zu bewegen und die Schubfächer der Vitrine herauszuziehen, wenn ein Kunde etwas aus dieser Auslage kaufen wollte.

Zufrieden sah sie sich um, nickte nachdrücklich und wollte nach hinten gehen, als ihr unter einem der Setzkästen etwas Längliches, Dunkles auf dem Boden auffiel. Im ersten Moment dachte sie, dass wohl ein Stück Holz aus dem Rahmen herausgebrochen war, aber als sie den Gegenstand aufhob, entpuppte der sich als ein USB-Stick. Dass er nicht ihr gehörte, war ihr sofort klar, da sie Sticks immer nur von einem bestimmten Hersteller kaufte und ihr das Kürzel und das Logo auf diesem Stick unbekannt waren.

Ein kurzer Anruf bei Leslie ergab, dass sie keinen Stick vermisste, weil sie grundsätzlich so etwas nicht mit sich herumtrug, sondern nur zu Hause benutzte. Als Nächstes fragte sie bei der Spedition an, aber da war auch niemandem etwas abhandengekommen. Fiona überlegte, ob ihre Tante den wohl in einen der Setzkästen geklebt haben könnte, aber das ergab eigentlich keinen Sinn, da sie keinen Computer besessen hatte. Die einzige Erklärung konnte die sein, dass jemand etwas für sie auf dem Stick gespeichert hatte, zum Beispiel alte Familienfotos, die so für die Nachwelt erhalten bleiben sollten.

Kurzerhand ging sie zu ihrem Laptop, schloss den USB-Stick an und wurde prompt aufgefordert, ein Passwort einzugeben, um auf den Inhalt zugreifen zu können. „Der Pseudo-Möbelpacker", murmelte sie, während sie den Stick herauszog. Wenn er ihn verloren hatte, dann machte es den Mann nur umso rätselhafter. Warum trug ein Mann die Kisten einer ihm völlig fremden Frau aus dem Transporter ins Haus, wenn er gleichzeitig mit Daten in der Hosentasche unterwegs war, die niemanden etwas angingen. Nachdenklich betrachtete sie den Stick von allen Seiten, als ihr auffiel, dass auf der Rückseite etwas eingeritzt worden war, das anscheinend „Brandis" hieß, wenn sie die Buchstaben richtig entzifferte. Vermutlich ein Name, dachte sie, schloss den Stick aber noch einmal an und tippte diesen Namen ein, als sie nach dem Passwort gefragt wurde. Leider war es nicht das, was der Computer haben wollte, aber den Versuch war es in jedem Fall wert gewesen. Schließlich notierten immer noch zu viele Leute ihre Geheimzahl auf ihre Bankkarte, warum sollte also nicht auch jemand das Passwort für den USB-Stick auf genau diesem Stick vermerken?

Kopfschüttelnd legte sie den Stick in eines der Setzkastenfächer hinter der Theke. Dann ging sie nach hinten. Die erste Box, die sie öffnete, enthielt die Schatullen, auf die sie schon im Lagerraum gestoßen war. Sie trug sie hinter die Vitrine, wickelte die zahlreichen Holzkisten aus der Folie und stellte sie aufgeklappt in die Vitrine, damit Kunden sie sehen konnten. Die ersten zwei Boxen hatte sie bereits im Lager gesehen, und als sie nun die dritte öffnete, musste sie unwillkürlich lachen. „Elvis-Sternzeichen?", murmelte sie und sah sich amüsiert Wassermann, Fische und den ganzen Rest an, die alle mit Elvis-Frisur und dicker Sonnenbrille versehen waren und wohl den King in seiner Zeit in Las Vegas zeigen sollten. Bei genauerem Hinsehen konnte sie sogar erkennen, dass die Figuren getreu ihrem berühmten Vorbild leichtes Übergewicht hatten. „Was nicht alles auf den Markt gebracht wird", sagte sie schmunzelnd und stellte die aufgeklappte Schatulle neben die andere.

Die übrigen Kollektionen waren durchweg interessant und würden sicher einen Käufer finden, aber in Sachen Originalität reichte keine von ihnen an Elvis heran. Beim weiteren Auspacken stieß sie auf noch zwei Kisten mit solchen kompletten Sätzen, sodass die Vitrine sich schneller füllte als erwartet. Das Gleiche galt für die Setzkästen.

Als gegen drei Uhr die Mitarbeiterin der Handelskammer an der Tür klopfte, gab es in den Setzkästen kaum noch ein leeres Fach. Gleichzeitig kam es ihr so vor, als würde der Bestand an vollen Plastikboxen kaum schrumpfen. Immerhin hatte sie Platz genug, um einige Boxen nach vorne zu holen, damit sie durch einen schmalen Gang wieder ins Wohnzimmer und in den

Rest des Hauses gelangen konnte, ohne um das Gebäude herumlaufen zu müssen. Miss Teague – eine
Mittvierzigerin, die mit ihren kurzen roten Haaren an
Annie Lennox aus einem dieser alten Videos erinnerte,
die ihre Eltern in ihrer Jugendzeit mit Begeisterung angesehen hatten – stellte zunächst sich und ihre Funk-
tion vor, dann sah sie sich mit großem Interesse an,
welche Geschäftsidee Fiona umsetzen wollte. Sie zeigte
sich beeindruckt von der großen Auswahl und war
umso erstaunter, als sie erfuhr, dass dies nur ein kleiner Teil des gesamten Bestands war.

Dann erzählte sie von den Aufgaben und Angeboten
der Handelskammer und ging mit Fiona eine lange
Liste Punkt für Punkt durch, um herauszufinden, was
Fiona selbst noch erledigen und welche Unterlagen sie
wo vorlegen musste, damit sie alles richtig machte. Gegen Ende des über zweistündigen Termins kam dann
als krönender Abschluss, dass sie alle Voraussetzungen
erfüllte, um in ein Förderprogramm für Existenzgrün-
der aufgenommen zu werden. Zudem besetzte sie mit
einem Fingerhutladen eine Nische, die wahrscheinlich
im ganzen Land von niemandem sonst bedient wurde.
Praktisch bedeutete das, dass sie für bestimmte Vorha-
ben Zuschüsse beantragen konnte und Bankkredite zu
günstigeren Konditionen erhalten würde.

„Ihr Wochenende dürfte damit wohl verplant sein",
sagte Miss Teague mit einem Augenzwinkern, als Fiona
sich die Liste der Aufgaben ansah, um die sie sich kümmern musste. „Aber das Gute ist, dass Sie das meiste davon online erledigen können. Wenn der Server mit-
macht, ist das relativ schnell erledigt. Ich empfehle

Ihnen aber, eingescannte oder abfotografierte Dokumente nicht in den Formularen hochzuladen, in denen danach gefragt wird, sondern sie unter Angabe der Mitgliedsnummer als gesonderte Mail an die Adresse da oben zu senden. Das Hochladen funktioniert in den seltensten Fällen, und wenn es fehlschlägt, müssen Sie ganz von vorn anfangen."

„Oh, danke für den Tipp", sagte Fiona erleichtert.

„Den haben Sie aber nicht von mir", gab die Frau mit gespielter Unschuldsmiene zurück. „Schreiben Sie einfach dazu, dass das Hochladen nicht möglich war und Sie deshalb alle Anhänge per Mail schicken."

Dann verabschiedete sie sich und ging zur Tür, blieb aber dann stehen und drehte sich zu den Setzkästen links von ihr um. „Sagen Sie, habe ich da vorhin irgendwo einen Fingerhut aus Heidelberg gesehen oder irre ich mich?"

„Das ist möglich, aber ich kann es nicht mit Gewissheit sagen", antwortete Fiona. „Es sind so viele Kisten, von denen ich wahllos ein paar ausgepackt habe, um die Setzkästen zu füllen, dass ich ehrlich gesagt keinen Überblick habe, was da steht und was nicht. Heidelberg, sagten Sie?"

„Ja, ich habe da meinen Freund kennengelernt", erwiderte Miss Teague. „Er hat da ein paar Jahre gelebt, und ich glaube, ein Fingerhut von dort würde ihm gefallen. Und ich meine, ich hätte da etwas gesehen."

„Hm, dann sollten wir noch mal gründlich suchen", sagte Fiona. „In welchem Setzkasten Ihnen der Fingerhut aufgefallen ist, wissen Sie nicht zufällig?"

Die andere Frau zuckte mit den Schultern. „Ich weiß, ich habe ihn nicht bewusst gesehen. Er muss neben einem anderen stehen, auf den ich mich konzentriert hatte. Aber hier gibt es so viel zu entdecken, dass man schnell die Übersicht verliert.“

Fiona nickte verstehend. „Das mit der Übersicht ist mir auch aufgefallen, aber ich dachte, es geht vielleicht nur mir so. Da das offenbar nicht der Fall ist, werde ich das Ganze wohl doch mehr nach Themen sortieren müssen.“

„Vielleicht ja“, überlegte Miss Teague und fuhr sich durch ihr feuerrotes Haar. „Aber es würde schon helfen, wenn Sie eine Art Raster schaffen, das einem dabei hilft, nicht die Orientierung zu verlieren.“

„Ein Raster? Wie meinen Sie das?“

„Na ja, wenn Sie die Reihen senkrecht mit Ziffern von eins bis soundso viel beschriften und waagrecht mit Buchstaben arbeiten, dann könnte man sich K7 oder B12 leichter merken als einfach nur die Stelle, wo man ihn gesehen hat. Fast jeder Fingerhut ist ja von acht anderen umgeben, und wenn ich mir merke, dass rechts davon einer mit einer Sonnenblume stand, dann hilft mir das kaum noch weiter, wenn mir nach einer Weile auffällt, dass es noch ein Dutzend mehr Sonnenblumen-Motive gibt.“

Fiona zog die Augenbrauen hoch. „Das ist eine verdammt gute Idee“, fand sie und sah die Frau anerkennend an. „Sie sind wirklich gut.“

Sie grinste Fiona breit an. „Sonst würde ich auch nicht auf diesem Posten sitzen.“ Dann wandte sie sich wieder dem Setzkasten ganz rechts zu und sah ihn Reihe für Reihe durch. Fiona tat das Gleiche bei dem

Kasten ganz links, aber sie hatte noch nicht die obersten drei Reihen geschafft, da rief Miss Teague: „Da ist er!“

Fiona stellte sich zu ihr und folgte der Richtung, in die der ausgestreckte Zeigefinger wies. Und tatsächlich entdeckte sie den Fingerhut mit dem Schriftzug Heidelberg unter einer winzigen Stadtansicht, die eigentlich nur jemand wiedererkennen konnte, der die Stadt kannte. „Hier, bitte.“

„Ja, genau, den hatte ich gesehen“, sagte sie erfreut. „Wie viel kostet der?“

„Der geht aufs Haus, Miss Teague“, entgegnete sie.

„Und schon haben Sie den ersten Schritt in Richtung Insolvenz unternommen“, gab die andere Frau ironisch zurück. „Aber ernsthaft, ich möchte diesen Fingerhut bezahlen. Denken Sie kaufmännisch, Miss Freeman. Sie wollen Umsatz machen und Gewinn erzielen. Sie wollen nichts verschenken.“

„Ich sehe das als Aufmerksamkeit für Ihre Bemühungen“, erklärte Fiona.

„Ich weiß, aber für meine Bemühungen werde ich von der Handelskammer bezahlt. Ich mache das nicht ehrenamtlich. Und deshalb möchte ich diesen Fingerhut ganz regulär kaufen und bezahlen.“

„Also gut.“ Fiona gab sich lachend geschlagen. „Für diese Art Fingerhüte habe ich vier Pfund fünfundneunzig veranschlagt.“

„Na, bitte.“ Sie griff in ihre Handtasche und holte einen Fünfer heraus, den sie Fiona hinlegte.

Die holte ihre Geldbörse aus der Handtasche, die auf einem kleinen Beistelltisch in der Ecke hinter der

Theke lag, und gab ihr das Wechselgeld. Den Schein steckte sie ein.

„Sie haben keine Kasse?"

„Also, ich dachte mir, dass ich jeden Verkauf einfach aufschreibe und am Abend zusammenrechne", sagte sie.

„Ich rate Ihnen sich eine Registrierkasse anzuschaffen, Miss Freeman", erwiderte Miss Teague. „Gerade bei einem Sortiment, das es so nirgends im Land gibt, werden die Steuerbehörden mehr sehen wollen als nur eine handschriftliche Liste."

„Aber ich könnte doch bei einer Kasse genauso gut jeden zweiten Verkauf nebenher laufen lassen und das Geld einstecken", hielt Fiona dagegen. „Welchen Nutzen hat dann die Kasse?"

„Grundsätzlich haben Sie natürlich recht. Aber wenn hier fünf Kunden an der Kasse stehen und bei vier von ihnen tippen Sie den Verkauf ein, dann wissen Sie beim fünften Kunden nicht, ob der ein Steuerfahnder ist, der nur darauf wartet, dass Sie den Zehner, den er Ihnen gibt, nicht in die Kasse legen, sondern auf die Kasse." Sie zuckte mit den Schultern. „Letztlich machen die auch nur ihren Job. Aber es genügt schon, wenn Sie ein ganz einfaches Modell kaufen. Schließlich haben Sie keine unterschiedlichen Warengruppen oder Ähnliches, deshalb reicht es, wenn die Einnahmen fortlaufend maschinell erfasst werden."

„Und woher soll ich eine Kasse bekommen?", fragte Fiona ratlos. „So was steht ja nicht im Supermarkt im Regal."

„Im Fachhandel im Internet", sagte Miss Teague.

Fiona atmete seufzend aus. „Wie machen das eigentlich Leute, die nicht das Glück hatten, den gesamten Warenbestand geerbt zu haben?"

„Die müssen jeden Penny zweimal umdrehen, weil sie für ihren Warenbestand erst noch einen hohen Kredit aufnehmen mussten. Und die Ladeneinrichtung mussten sie auch anschaffen."

„Da habe ich ja wohl richtig viel Glück gehabt", meinte Fiona ein wenig erschrocken.

„Sie haben die idealen Startbedingungen für ein erfolgreiches Geschäft. Nicht nur, dass Ihr Angebot einzigartig ist, Sie können auch fast ohne Schulden anfangen. Eine solche Gelegenheit bekommen nicht viele, und genau deshalb sollten Sie in Ihr Geschäft investieren. Lassen Sie es noch einladender erscheinen. Gemütlicher."

„Gemütlich?"

„Ja, dieses Geschäft sollte mehr wie ein ... wie ein Wohnzimmer sein. Sie haben das alles sehr nüchtern eingerichtet. Aber Sie verkaufen keinen Bürobedarf. Hier kommt kein Kunde rein, der einen Bleistift vom Typ Soundso braucht und der gleich wieder geht, wenn er das Gewünschte bekommen hat. Ihre Kunden kommen her, weil sie nicht genau wissen, was sie erwartet. Sie sollten daher eher das Gefühl haben, ein Wohnzimmer zu betreten, in dem zufällig all diese wunderbaren Fingerhüte an den Wänden hängen. Und zufällig ist ihr Eigentümer auch noch bereit, sich gegen eine entsprechende Vergütung von ihnen zu trennen. Die Kunden sollten hier verweilen wollen."

„Meinen Sie mit einem Wohnzimmer, dass ich hier eine Polstergarnitur reinstellen soll?"

„Eine kleine Sitzgruppe würde schon genügen, vier Stühle, ein kleiner Tisch", redete Miss Teague weiter. „Und passend dazu sollten Sie ein anderes Lichtkonzept wählen, nicht diese kalten Neonröhren."

„Aber wenn es dunkler ist, sieht man die Motive auf den Fingerhüten sicher nicht mehr so gut", gab Fiona zu bedenken.

„So düster soll es nicht werden, aber ein wenig schon, damit Sie Spots auf die Setzkästen richten können. So heben Sie hervor, um was es in Ihrem Geschäft geht", erklärte die Frau von der Handelskammer.

Nachdem Miss Teague ihr gesagt hatte, was verbesserungswürdig war, wurde Fiona mit einem Mal bewusst, dass sie sich tatsächlich keinerlei Gedanken über das Ambiente gemacht hatte – und dass ihr Laden im Moment das Ambiente einer Wartehalle hatte.

Sie würde wohl wirklich noch einiges ausgeben müssen, aber genau genommen hatte sie bislang kaum etwas in ihren Laden investiert. Das Teuerste würde im Augenblick die Rechnung für den Transport der Kisten sein, und die war entweder noch gar nicht geschrieben oder in diesem Moment auf dem Postweg zu ihr.

Nachdem Miss Teague sich auf den Heimweg gemacht hatte, betrachtete Fiona voller Stolz den Fünfer, den sie von ihr für den Fingerhut bekommen hatte. Sie hatte noch gar nicht geöffnet und trotzdem schon Umsatz gemacht. Vielleicht war das ja ein gutes Omen, überlegte sie und lächelte erfreut.

Kapitel 7

Obwohl Fiona mit dem allgegenwärtigen Internet aufgewachsen war, drehte sich normalerweise nicht ihr ganzes Leben um die Dinge, die im Internet gerade angesagt waren. Aber als sie sich am Sonntagabend schlafen legte, musste sie feststellen, dass sie zum ersten Mal wirklich dankbar dafür war, dass es das Internet gab.

Sie hatte, wie von Miss Teague angekündigt, den Formularkram zum größten Teil online erledigen können, lediglich ein paar Dokumente mussten noch beglaubigt werden. Die Versicherungspolicen waren nur wenige Stunden später per Mail bei ihr eingetroffen, damit sie sie mit ihrer digitalen Unterschrift versah. Andere Vorgänge, die von Behörden kamen, würden erst am Montag beantwortet werden.

Dann hatte sie nach langer Suche eine Registrierkasse gefunden, die keinen allzu klapprigen Eindruck machte, aber auch nicht so kompliziert zu sein schien, dass sie erst noch einen mehrwöchigen Lehrgang hätte absolvieren müssen, nur um zu wissen, wie die Kasse aufging. Ein kleiner Zuschlag beim Versand garantierte ihr, dass die Lieferung noch am Montagnachmittag erfolgen würde.

Mit dem Hersteller von Leuchtreklamen, der ihr von Fiona empfohlen worden war, hatte sie per Skype gesprochen, weil sie das Gefühl hatte, ihm besser erklären

zu können, was genau sie sich als Schutz vor den Setzkästen vorstellte, wenn sie ihm mit der Kamera im Laptop zeigen konnte, wo die Setzkästen hingen. Vielleicht
hätte es auch am Telefon geklappt, auf jeden Fall hatte
der Mann sofort eine Idee. Eine halbe Stunde später
schickte er ihr eine 3D-Animation eines Aufsatzes für
die Setzkästen mit einer leicht geneigten Scheibe, damit sich keine Deckenlampen oder ähnliche Lichtquellen in der glatten Oberfläche spiegelten und die Sicht
auf die Fingerhüte nahm. Spätestens am Donnerstag
würde sie ihre Bestellung erhalten, die dann auch direkt montiert werden würde.

Als Nächstes hatte sie einen Satz Klebebuchstaben bestellt, um das Schaufenster neu zu beschriften, damit
jeder schon von Weitem wusste, was ihn in diesem Geschäft erwartete: *Fionas fantastische Fingerhüte*. Die
Buchstaben würden wohl am Dienstag geliefert werden, und Fiona konnte auf ihrer Liste ein weiteres Häkchen machen.

Die Sache mit dem Häkchen galt auch für die Sitzgruppe, die ihr Miss Teague empfohlen hatte. Das
nächste Möbelhaus war von Crescent Bay ziemlich
weit entfernt, und es gab keine Garantie, dass sie dort
etwas finden würde, was ihren Vorstellungen ent-
sprach. Da sie keine Lust hatte, dieses Risiko einzuge-
hen und womöglich noch weiter fahren zu müssen, um
in einem anderen Möbelhaus ihr Glück zu versuchen,
hatte sie diese Bestellung ebenfalls über das Internet erledigt. Die vier gepolsterten Stühle machten durchaus
einen bequemen Eindruck, aber wenn der täuschen
sollte, war das auch keine Katastrophe. Schließlich
mussten ihre Kunden ja auch nicht so gemütlich sitzen,

dass sie am Ende gar nicht mehr aufstehen wollten. In einem passenden Muster bestellte sie auch gleich noch einen Teppich dazu, der einen Großteil des Bodens bedecken würde. Ihr war nämlich aufgefallen, wie laut die Schritte auf dem alten Holzboden widerhallten. Bei drei oder vier Kunden gleichzeitig, die von einem Setzkasten zum nächsten wanderten, würde das auf Dauer vermutlich ein ziemlich nervtötendes Getrappel bedeuten. Genau das sollte mit dem Teppich verhindert werden.

Schließlich stieß sie auch noch auf einen Elektrofachbetrieb mit einer genialen Simulation, in der man Fotos von einem Raum oder der ganzen Wohnung hochladen konnte. Gleich darauf wurde einem ganz exakt angezeigt, welche Lichtverhältnisse herrschten, wenn man an einer bestimmten Stelle eine Stehlampe platzierte, und wie das Licht sich veränderte, wenn man die Lampe einen Meter nach rechts oder links schob. So war es ihr möglich gewesen, die exakte Anzahl Spots zu ermitteln und ihre genaue Platzierung und Ausrichtung zu bestimmen, um die Setzkästen in den Mittelpunkt zu rücken. Außerdem hatte sie unter anderem weitere Lampen über der Theke angeordnet, damit die Vitrine gut beleuchtet wurde. Nachdem das alles festgelegt war, hatte sie für die Montage einen Termin für den nächsten Mittwoch gebucht, der offenbar erst frei geworden war, während sie sich mit der Simulation befasst hatte. Zehn Minuten zuvor hätte sie noch zwei Wochen auf den Handwerker warten müssen, aber offenbar war in der Zwischenzeit jemand abgesprungen, und das genau in dem Moment, als sie einen Termin hatte festlegen wollen.

Am Montagnachmittag wurde die Registrierkasse geliefert, am Montagabend war Fiona mit den wichtigsten Funktionen vertraut und wusste sogar schon, wie sie einen irrtümlich erfassten Betrag ordnungsgemäß stornieren musste. Der Scanner, der zur Standardausstattung gehörte, wanderte zurück in den Karton, da es bei ihr zumindest jetzt noch nichts zu scannen gab. Allerdings fiel ihr dabei ein Punkt ein, den Miss Teague zwar angesprochen hatte, den sie selbst dann aber nicht auf ihre Liste übertragen hatte: Sie musste ihren Kunden die Möglichkeit bieten, mit Karte zu zahlen. Vor allem Kunden, die von der großen Auswahl so begeistert sein würden, dass sie gleich ein Dutzend oder mehr Fingerhüte kaufen wollten, mussten in der Lage sein, bargeldlos bezahlen zu können. Wie viele sie von dieser Sorte haben würde, konnte sie zwar nicht einschätzen, aber sie wollte für alle Fälle gewappnet sein. Zum Glück genügte ein Anruf bei ihrer Bank, die schnellstens einen Techniker zu ihr schicken würde, um ein Lesegerät zu installieren.

Die Klebebuchstaben trafen ebenfalls am Montag per Kurier ein, und am Dienstagmorgen kam Leslie vorbei, um ihr mit dem Bekleben des Schaufensters zu helfen. Erst beim Auspacken fiel Fiona auf, dass sie Buchstaben bestellt hatte, die von innen an die Scheibe geklebt werden mussten. Nach dem ersten Schreck erwies sich das sogar als Glücksfall, da sie sich an der alten, von außen aufgeklebten Beschriftung orientieren konnten, um die Worte perfekt gerade anzubringen. Die Arbeit ging schnell voran, allerdings wohl etwas zu schnell, denn als sie fertig waren, hielt Leslie immer noch ein S und ein T in der Hand. Beide dachten sich zunächst nichts dabei, sondern nahmen an, dass der Hersteller ihnen versehentlich zu viele Buchstaben geschickt hatte.

Erst als sie mit einem Schaber die alten Buchstaben draußen auf der Scheibe abgekratzt hatten und sich daranmachen wollten, die Klebereste mit Alkohol zu entfernen, wurde deutlich, was ihnen von drinnen wegen der Spiegelschrift nicht aufgefallen war.

„Fionas fanatische Fingerhüte‘?", las Leslie verwundert vor. „Sollte das nicht ‚fantastische‘ heißen?"

„Tja", murmelte Fiona ein wenig irritiert. „Das würde es auch, wenn du mir die Buchstaben in der richtigen Reihenfolge angereicht hättest."

„Ich habe sie dir in der Reihenfolge angegeben, in der du sie übereinandergestapelt aus dem Umschlag gezogen hast", gab Leslie zurück. „Ich dachte, du hättest dich vorher vergewissert, dass sie in der richtigen Reihenfolge liegen."

Fiona seufzte. „Hab ich nicht, also haben wir beide geschlafen." Sie stellte sich mit den vermeintlich überschüssigen Klebebuchstaben vor das Schaufenster und hielt sie versuchsweise an die Stellen, wo sie im Text fehlten. Schließlich schüttelte sie den Kopf. „Da kann man nichts dazwischenkleben, das sieht nur noch schlimmer aus."

„Wir können doch die anderen Buchstaben abziehen und ein Stück versetzen, damit Platz für die beiden fehlenden entsteht", schlug Leslie vor.

„Können wir nicht", entgegnete Fiona. „Ich habe gezielt solche Buchstaben bestellt, die besonders gut kleben, damit nicht nachts irgendein Witzbold sie im Vorbeigehen abziehen kann. Ohne Schaber und viel Geduld und viel Zeit bekommst du die Buchstaben nicht mehr vom Glas, und wenn das endlich gelungen ist, bestehen die nur noch aus vielen kleinen, völlig verzogenen Stücken."

„Mist", murmelte Leslie.

„Kann man so sagen", stimmte Fiona ihr zu. „Aber ich habe im Moment keine Lust, alles abzukratzen, nur damit der Fehler schnell wieder verschwindet. Irgendwie hat das sogar was, das die Leute zweimal hingucken lässt."

Erstaunt zog Leslie eine Augenbraue hoch. „Ist das jetzt dein Ernst?"

Fiona nickte nachdrücklich. „Ja, damit hat das Ganze etwas ... ich weiß nicht ... etwas Unvollkommenes an sich."

Leslie grinste ihre Freundin triumphierend an. „Dann hat es doch was Gutes, dass ich dir die Buchstaben angereicht habe, ohne sie zu überprüfen."

„Wäre es nicht eigentlich mein Verdienst, weil ich die Buchstaben aus dem Umschlag geholt und nicht hingesehen habe?", konterte Fiona schmunzelnd.

„Aber, aber, wer wird denn so kleinlich sein, Fiona?"

„Na, ich zum Beispiel", sagte sie, gab ihrer Freundin einen Klaps auf die Schulter und ging zur Tür. „Komm, ich will dir doch noch meine grandiose Registrierkasse zeigen, damit du vor Neid erblasst."

Leslie folgte ihr lachend. „Das wirst wahrscheinlich eher du machen, wenn du das Ding siehst, das bei uns im Restaurant steht."

Nachdem Leslie zur Arbeit gegangen war, gab es für Fiona erst mal nichts zu tun. Der nächste Termin stand erst für den Mittwoch auf dem Plan, also konnte sie die Zeit für etwas anderes nutzen, nämlich für Werbung für ihr Geschäft, das möglichst bald Eröffnung feiern sollte. Bislang hatte sie sich in den anderen Läden entlang der Promenade noch nicht zu erkennen gegeben, aber das wollte sie jetzt nachholen. In den letzten Tagen waren ihr immer wieder Fußgänger aufgefallen, die von rechts – also von dort, wo sich der Großteil der Geschäfte befand – gekommen und nach einem Blick auf die Fassade oder ins Schaufenster auch wieder nach rechts verschwunden waren.

Sie vermutete, dass es sich um die Inhaber oder Mitarbeiter der anderen Geschäfte handelte, die wissen wollten, was im ehemaligen Trödelladen ihrer Tante eröffnen würde. Dabei galt das Hauptinteresse zweifellos der Frage, ob irgendeines der etablierten Geschäfte Konkurrenz fürchten musste. Das Schöne war, dass sie sich bei niemandem unbeliebt machen würde, da sie mit ihren Fingerhüten etwas verkaufte, was niemand sonst im Angebot hatte. Sie konnte also niemandem das Geschäft vermiesen, was bei einer weiteren Boutique oder einem Lokal der Fall gewesen wäre.

Gleich im nächsten Haus befand sich *Sallys süßer Shop*, womit bereits alles gesagt war, nämlich Süßigkeiten aller Art – von Lakritz über Lollis und Bonbons bis hin zu Weingummi und Marshmallows. Die Eingangstür stand offen, und erfreulicherweise – jedenfalls für Fiona, die gern ungestört mit den anderen Geschäftsleuten reden wollte – hielt sich gerade kein Kunde im Laden auf.

Zu beiden Seiten säumten durchsichtige, nach vorn offene Plastikboxen die Wände vom Boden bis zur Decke. In jeder dieser Boxen lag ein kleiner Berg aus Süßem, mal Schokoriegel, mal Tüten mit Drops, mal lose, verpackte Bonbons, die man mit einer kleinen Schaufel entnehmen und in eine Plastiktüte füllen konnte, die an der Kasse nach dem jeweiligen Gewicht abgerechnet wurde. Die grauhaarige Frau, die hinter der Theke stand und in einem Katalog blätterte, sah auf, als Fiona hereinkam, und grüßte sie freundlich.

„Hallo, mein Name ist Fiona Freeman", stellte sie sich vor und zeigte in die Richtung, aus der sie gekommen war. „Ich bin Ihre neue Nachbarin und wollte mal Guten Tag sagen."

Die Frau reagierte ein wenig unschlüssig. „Wenn Sie nach da zeigen, dann muss es sich um Beverlys Haus handeln, richtig?"

„Ja, ich bin Beverlys Nichte. Ich habe das Haus geerbt und werde in den nächsten Tagen eröffnen."

„Sind Sie hier, um mir zu erzählen, dass Sie mir Konkurrenz machen wollen?", fragte die Frau argwöhnisch.

„Sofern Sie keine Fingerhüte verkaufen, wird das nicht passieren", versicherte Fiona ihr.

„Fingerhüte?" Sie zog verdutzt die Augenbrauen hoch. „Nur Fingerhüte?"

„Nur Fingerhüte", bestätigte sie.

„Interessant", meinte die ältere Frau. „Hoffentlich kommt das bei den Touristen an. Ich bin übrigens Sally. Sally Reddick."

„Ich will es doch hoffen", sagte Fiona. „Ich ziehe jetzt gerade von einem Laden zum nächsten, um mich vorzustellen und ... Na ja, ich weiß nicht, wie hier in Crescent das Verhältnis der Geschäftsleute untereinander ist, weil ich eigentlich fragen wollte, ob ich in den nächsten Tagen Flyer mit Werbung für meinen Laden verteilen darf. Ist so was hier gewünscht oder geduldet, oder kämpft hier jeder für sich?"

Sally lächelte sie an. „Ich kann Sie beruhigen, Fiona. Wir Geschäftsleute arbeiten hier eng zusammen. Wir haben hier vor Jahren ein Bonuskartensystem eingeführt, noch ganz altmodisch mit einer echten Karte im Kreditkartenformat. Ab fünfzehn Pfund Einkauf gibt es einen Stempel auf die Karte, und bei einer vollen Karte bekommt man in einem Geschäft seiner Wahl fünf Pfund vom Kaufpreis abgezogen. Damit nicht nur einer von uns immer wieder auf fünf Pfund verzichten muss, ist das so geregelt, dass die Bonuskarte nicht da eingelöst werden darf, wo sie ausgestellt wurde. Wenn also morgen fünf Kunden bei Ihnen ihre Karte einlösen, dann bekommen die von Ihnen eine neue mit Ihrem Stempel drauf, und die können später nicht mit der vollen Karte zu Ihnen kommen, um Sie schon wieder um fünf Pfund zu erleichtern. Die müssen sich dann ein anderes ‚Opfer‘ suchen."

„Klingt gut", sagte Fiona. „Aber besteht da nicht die Gefahr, dass die Touristen sich zum Beispiel auf zwei Lokale einschießen und ihre Bonuskarte abwechselnd mal in dem einen, mal in dem anderen einlösen?"

Sally schüttelte den Kopf. „Die Idee hatte Penny vom Pfannkuchen-Paradies, und sie führt seitdem auch Statistik, welche Karten wo eingelöst wurden. Es hat in den fast zehn Jahren, seit es die Karten gibt, noch nie ein Geschäft gegeben, das unverhältnismäßig viele Karten einlösen musste. Und falls das doch mal vorkommen sollte, legen wir anderen alle zusammen, um den Mehrbetrag auszugleichen."

Fiona zog verdutzt die Augenbrauen hoch. „Wow. Das ist toll, dass hier alle so zusammenhalten."

„Nur so können wir existieren", entgegnete Sally und seufzte leise. „Die Gäste merken das auch und freuen sich, dass sie nicht ständig zwischen den Restaurants oder den Boutiquen hin und her laufen müssen, um zu vergleichen, wer heute den anderen mal wieder unterbieten will. Genauso haben wir vereinbart, dass es Rabattaktionen immer erst nach der Hauptsaison und nach den Feiertagen geben soll. Wer heute etwas kauft, soll die Gewissheit haben, dass es morgen nicht zum halben Preis angeboten wird. So was verärgert die Kundschaft nur, und es führt dazu, dass keiner mehr etwas kauft, sondern alle nur noch abwarten, ob es nicht am nächsten Tag oder nächste Woche viel billiger angeboten wird."

„Und die leeren Ladenlokale?"

„Oh, die sind nicht pleitegegangen", versicherte ihr Sally. „Die Inhaber haben sich in den Ruhestand verabschiedet, und weil sie niemanden finden konnten, der die Läden übernehmen wollte, haben sie nach dem Ausverkauf halt zugemacht. Eines war ein Fotofachgeschäft, das andere hat CDs und DVDs verkauft. Beides ist heute leider so überholt, dass normale Touristen da zum Schluss nicht mal mehr einen Blick ins Schaufenster geworfen haben."

„Okay, dann muss ich mich an Penny wenden, um bei den Bonuskarten mitzumachen?", fragte Fiona. „Und spreche ich sie auch auf die Flyer an?"

„Das wäre sicher einfacher, als in jedem Laden das Thema anzusprechen. Am Sonntagabend findet unsere monatliche Zusammenkunft der Händlergemeinschaft statt, da sollten Sie auch dabei sein, und wenn Sie dann schon die Flyer haben, können Sie die dann gern verteilen. Ansonsten geben Sie einfach Penny den Karton, dann verteilt sie das für Sie."

„Ich glaube, ich komme aus dem Staunen nicht mehr heraus", meinte Fiona beeindruckt.

„Wissen Sie, das geht auch nur, weil jeder von uns in dem Laden arbeitet, der ihm selbst gehört. Nehmen Sie eins von den großen Seebädern. Da haben Sie ein Dutzend Fast-Food-Ketten und Filialen von allen möglichen Modelabels, und die Läden haben alle nur Geschäftsführer, die das tun müssen, was der Konzern ihnen vorgibt, auch wenn sie ganz genau wissen, dass sie mit der einen oder anderen Werbeaktion Kunden verprellen. Die können den Topmanagern hundertmal sagen, dass sie eine andere Verkaufsstrategie brauchen, aber das kümmert da oben keinen. Das ist in Crescent Bay eben anders. Und besser, wie man sehen kann."

Fiona nickte nachdenklich. „Dabei sollte man sich doch an einer Zusammenarbeit, wie sie hier passiert, ein Beispiel nehmen."

„Sollte man, aber die denken nur an ihre Rendite", sagte Sally und verzog missbilligend den Mund. „Möglicherweise würden sie statt zehn nur neun Millionen

Pfund Bonus einstreichen, und das kann man diesen armen Managern nicht zumuten."

„Das wäre wirklich herzlos", stimmte Fiona ihr ironisch zu.

„Sagen Sie, was für Motive haben Ihre Fingerhüte eigentlich?", wollte Sally wissen.

„So ziemlich alles, was man sich vorstellen kann. Blumen, Tiere, Autos, Stadtansichten ..."

„Also auch von Crescent Bay?"

„Ähm ... von Crescent Bay? Nein, nicht dass ich wüsste", sagte Fiona und begann zu grübeln. Einen Fingerhut von hier hatte sie definitiv nicht gesehen, und auf den Listen in den Plastikboxen war er ihr auch nicht aufgefallen. Ob sie in einer der Boxen fündig werden würde, die sie bislang noch gar nicht geöffnet hatte, konnte sie nicht sagen. Aber wenn Sally nach einem Fingerhut von Crescent Bay fragte und wenn sie schon so lange ihren Süßigkeitenshop betrieb, musste das doch bedeuten, dass es vielleicht noch nie, zumindest aber seit Jahrzehnten keinen solchen Fingerhut mehr zu kaufen gegeben hatte. „Ich habe tausend andere Orte auf der Welt, aber nicht Crescent Bay. Wieso eigentlich nicht?"

„Das wollte ich Sie auch gerade fragen", fügte Sally lachend an. „Ich würde mir nämlich gern so einen Fingerhut oben auf die Kasse stellen", erklärte Sally. „Das macht die Leute meistens noch etwas neugieriger als ein Flyer, und wenn sie fragen, kann ich sie nach nebenan zu Ihnen schicken." Sie zuckte mit den Schultern. „Ich kann nicht für die anderen sprechen, aber ich glaube, ein paar von ihnen würden so einen Crescent Bay-Fingerhut gern an der Kasse platzieren."

„Das ist eine exzellente Idee, die nur einen Haken hat ...", murmelte Fiona. „Woher bekomme ich so einen Fingerhut?"

Aus dieser Frage ergab sich mit einem Mal eine andere, noch viel wichtigere Frage: Woher würde sie überhaupt Fingerhüte bekommen? Sie hatte zwar einen immensen Bestand an Fingerhüten aus aller Welt, aber woher bekam sie Nachschub, wenn die Kunden nach und nach alles wegkauften und nach einem Fingerhut vom Oktoberfest in München fragten? Sie konnte ihren Laden doch nicht nur so lange betreiben, wie sie auf den Vorrat ihrer Tante zurückgreifen konnte!

Am liebsten wäre sie sofort zurück in ihr Geschäft gerannt, um sich an ihren Computer zu setzen und das Internet nach Quellen zu durchsuchen, die sie mit Nachschub zu Großhandelspreisen versorgen konnten. Aber sie hatte ihre Vorstellrunde in den anderen Geschäften an der Promenade begonnen, und die würde sie jetzt auch bis zum Ende durchziehen. Danach konnte sie sich immer noch dem Problem widmen, wie sie ihre Bestände auffüllen konnte, wenn die zur Neige gingen. Wobei natürlich zu hoffen war, dass das Geschäft so gut lief, dass der Bestand kontinuierlich verkauft wurde – aber auch nicht zu schnell, damit sie nicht auf einmal mit halb leeren Regalen dastand, in denen sich nur noch die Ladenhüter befanden, für die keiner auch nur fünfzig Pence übrig hatte.

Beim Imbiss gleich daneben sagte sie nur schnell Hallo, da sie mit Michael, dem Betreiber, schon einmal kurz über ihren Laden geredet hatte, als sie bei ihm etwas zu essen geholt hatte. Sie erwähnte die Flyer, was er für eine gute Idee hielt, und ließ ihn wissen, dass sie am Sonntag zur Versammlung der Geschäftsleute von Crescent Bay kommen würde.

Jimmy, der im Haus neben dem leer stehenden ehemaligen Fotoladen den Coffeeshop *Mr Cocker* betrieb, gab ihr zum Einstand einen Kaffee aus, den sie dankend annahm, und sah ebenfalls kein Problem darin, mit einem Stapel Flyer auf die Neueröffnung in seiner Nachbarschaft aufmerksam zu machen. „Kannst du auch was auf Bestellung machen, Fiona?", fragte er, während sie einen Schluck Kaffee trank.

„Auf Bestellung? Wie meinst du das?"

„Na ja, ich finde, so ein Fingerhut ist als Souvenir eine super Sache. Der kostet nicht die Welt, lässt sich leicht nach Hause mitnehmen und nimmt im Bücherregal praktisch keinen Platz weg", erklärte er. „Die Leute fotografieren ständig mein Logo, da würde doch bestimmt der eine oder andere auch einen Fingerhut kaufen, auf dem das Logo drauf ist."

Fiona betrachtete das Foto eines Cockerspaniels, dessen Ohren im Wind flatterten, und stellte sich vor, wie das auf einem Fingerhut wirken würde. Wenn man den Namen des Coffeeshops auf die Rückseite packte, blieb vorn genug Platz, um auf dem winzigen Foto den Hund noch erkennen zu können. „Das ist eine gute Idee", sagte sie fast mehr zu sich selbst, dann löste sie ihren Blick von dem hinreißenden Hundefoto und drehte sich zu Jimmy um. „Ich muss mich sowieso noch wegen anderer Fingerhüte erkundigen, da werde ich direkt mal nachfragen, in welchen Auflagen so was zu welchen Preisen produziert werden kann. Das wird ein paar Tage dauern, aber ich werde dir bald was dazu sagen können."

Nach drei weiteren Geschäften hatte sie *Penelopes Pfannkuchen-Paradies* erreicht, das Lokal, das jener Penny gehörte, die sich so für die Händler in Crescent Bay engagierte. Die Tische auf der Terrasse waren alle besetzt, aber sie wollte ohnehin mit Penny reden. Also ging sie nach drinnen, wo sich ihre Augen erst mal an die Beinahe-Finsternis gewöhnen mussten, die aber vor allem wegen des grellen Sonnenscheins draußen vor der Tür so extrem wirkte. Was sie dann sah, war ein in dunklem Holz eingerichtetes Lokal, das pure Gemütlichkeit ausstrahlte. Ein langer Läufer lag im Gang zwischen den Tischen mit ihren blau-weiß karierten Decken.

Es duftete so verführerisch nach Apfel und Zimt, dass Fiona nicht anders konnte, als sich an einen der wenigen freien Tische zu setzen. Als der Kellner kam, bestellte sie einen Apfelpfannkuchen, weil sie bei diesem Aroma in der Luft ohnehin nichts anderes hätte essen können. Außerdem fragte sie nach, ob Penny wohl ein paar Minuten für sie erübrigen könnte.

Besagte Penny kam Minuten später mit dem Glas Wasser zu ihr an den Tisch, das sie zu ihrem Pfannkuchen bestellt hatte, da sie jetzt nicht noch einen Kaffee trinken wollte. Penny trug ein langes, wallendes Gewand, ihre blonden lockigen Haare reichten ihr bis weit in den Rücken. Sie setzte sich zu Fiona und erzählte ihr im Wesentlichen das, was sie schon von Sally aus dem Süßigkeitenshop erfahren hatte, nur alles etwas ausführlicher. Als ihr Pfannkuchen kam, zog sich

Penny wieder zurück, und Fiona versprach ihr, zu diesem Treffen am Sonntag zu kommen.

Der Pfannkuchen war köstlich, aber auch so mächtig, dass Fiona ihn fast nicht bewältigt bekam. Es war allein die Vorstellung, dass jeglicher Rest, den sie auf dem Teller lassen würde, in der Küche unweigerlich in der Lebensmitteltonne landen würde – was eine Sünde wäre –, die sie durchhalten ließ, bis sie alles aufgegessen hatte.

Als Fiona gegen siebzehn Uhr zurück in ihrem Haus war – es fiel ihr immer noch schwer, Tante Beverlys Haus als *ihr eigenes* Haus zu betrachten, und sie wusste nicht, wie lange sie wohl brauchen würde, bis sie es tatsächlich als *ihr* Haus wahrnahm –, hatte sie es tatsächlich geschafft, jedem der Geschäfte entlang der Promenade einen Besuch abzustatten. Lediglich im Kino *Bay Cinema*, das einem Film aus den Vierziger- oder Fünfzigerjahren entsprungen zu sein schien, hatte sie die Betreiberin nicht sprechen können, da die zu einer Konferenz gereist war. Die Mitarbeiterin, die sich um den Kartenverkauf und offenbar auch um die Getränke- und Snacktheke kümmerte, konnte ihr aber versichern, dass Mrs Gohan auf jeden Fall zu diesem Treffen am Sonntag kommen würde.

Im *His Master's Sauce* war sie von Leslie zum Chef gebracht worden, der zugleich der Chefkoch war und sich ein paar Minuten Zeit für sie nahm, auch wenn er diese paar Minuten eigentlich nicht hatte. Während er eine Sauce umrührte, damit sie nicht anbrannte, ließ er sich ihr Geschäftskonzept schildern und zeigte sich so wie eigentlich alle in Crescent Bay überrascht, dass sie im

Verkauf von Fingerhüten ein langfristig rentables Geschäftsmodell sah. Andererseits musste auch er zugeben, noch nie von einem derartigen Geschäft gehört oder gelesen zu haben, was ihren Laden zu etwas Einzigartigem machte. Und Einzigartiges hatte immer eine gute Chance, erfolgreich zu werden.

Ganz zum Schluss hatte sie dann auch noch das *Hotel On The Rocks* oben auf dem Felsen am Rand der Bucht besucht und sich beim Inhaber Morgan Humphreys vorgestellt. Der schlaksige Mann um die fünfzig war etwas kurz angebunden gewesen, was aber eindeutig daran lag, dass eine ganze Busladung spanischer Touristen darauf bestand, ihre Zimmerschlüssel zu bekommen, obwohl sich nirgends eine Reservierung fand. Die Bestätigung, die die Reisegruppe erhalten hatte, gab zwar sein Hotel als Unterkunft an, aber weder stimmte die E-Mail-Adresse des Absenders, noch kannte er einen Kenneth Winter, der die Mail unterzeichnet hatte. Da der Mann unübersehbar im Stress war, verabschiedete sich Fiona wieder. Als sie sich auf dem Weg in die Bucht umdrehte, um das Haus aus diesem Blickwinkel zu betrachten – auf dem Hinweg hatte sie die Zufahrtsstraße genommen, die hinter dem *His Master's Sauce* verlief und die von der anderen Seite kommend zum Hotel führte –, erschrak sie im ersten Moment. Die Sonne stand so hinter dem Gebäude, dass es wie ein Scherenschnitt aussah und dabei auch noch an das Haus von Mutter und Sohn Bates aus Hitchcocks Thriller *Psycho* erinnerte.

Insgesamt war es eine gelungene Vorstellrunde gewesen – und eine, die sie auf den einen Punkt hatte aufmerksam werden lassen, dem sie bislang keinerlei Beachtung geschenkt hatte: die Frage des Nachschubs. Natürlich wäre es ihr bei einem gut laufenden Geschäft früher oder später aufgefallen, dass der Bestand an Fingerhüten immer weiter schrumpfte. Aber unter Umständen hätte sie dann Probleme bekommen, weil sie keine Ahnung hatte, wer sie beliefern würde und wie lange es dauern würde, bis die Lieferungen eintrafen. Dabei hätte sie nicht mal durchblicken lassen dürfen, dass es eilte, weil manche Lieferanten so etwas schamlos ausnutzten und die Preise anhoben.

Jetzt hatte sie zum Glück noch Zeit genug, um sich um Anbieter zu kümmern und die Preise zu vergleichen, weshalb sie sich noch an diesem Abend hinsetzte und mit der Suche begann. Gleichzeitig musste sie auch noch herausfinden, wo man Fingerhüte mit einem individuellen Aufdruck herbekam und wie teuer die waren.

So nützlich das Internet zuvor gewesen war, als es um die Beleuchtung und die Stühle und alles andere gegangen war, so wenig hilfreich war es jetzt. Die Suche nach Herstellern führte fast durchweg nach Asien, wo sie vor allem auf Anbieter aus China oder Taiwan stieß. Dank der automatischen Übersetzungen kam sie dahinter, dass die kleinsten Bestellmengen für ein einzelnes Motiv bei den meisten Firmen bei tausend Stück lagen, bei einigen sogar bei fünftausend. Zwar kostete sie der einzelne Fingerhut dann nur umgerechnet zehn Pence, und selbst mit Expressfracht waren es um die dreißig Pence. Aber auch wenn das bei einem Verkaufspreis von knapp fünf Pfund und unter Einbeziehung aller übrigen anteiligen Kosten eine gewaltige Gewinnspanne bedeutete, konnte sie sich nicht von einem Dutzend Motive je tausend Exemplare hinlegen. Bestimmt würden sich manche Fingerhüte als beliebter als der Rest erweisen, aber selbst da ging Fiona nicht davon aus, dass sich tausend Kunden finden ließen, die unbedingt diesen einen Fingerhut haben wollten.

Also machte sie sich auf die Suche nach Zwischenhändlern, die diese tausende Exemplare kauften, um sie dann in kleineren Mengen weiterzuverkaufen. Zwar stieß sie auf ein paar Großhändler für Souvenirartikel, doch die schienen sich abgesprochen zu haben, da sie alle die gleichen Pakete anboten, die sich nur ein wenig in den Mengen unterschieden. So oder so musste man Tassen, Zinnlöffel, Zinnkrüge, Poster, Aschenbecher, Teller, Thermometer und etliches mehr in vielfacher Ausfertigung kaufen, wenn man eigentlich nur die enthaltenen zehn oder zwölf Fingerhüte haben wollte – und selbst da konnte man nicht die Motive aussuchen, sondern musste nehmen, was einem eingepackt wurde. Der Sternchenzusatz „je nach Verfügbarkeit" konnte natürlich bedeuten, dass man Pech hatte und gar keinen Fingerhut bekam.

Für ein Souvenirgeschäft mochte das ja noch interessant sein, aber für Fiona war das kein Thema. Und so ging die Suche weiter, bis sie für diesen Tag genug vom Anklicken und Durchlesen hatte. Morgen war auch noch ein Tag, sagte sie sich und fuhr den Rechner runter.

Am darauffolgenden Samstag konnte Fiona auf eine insgesamt erfolgreiche Woche zurückblicken. Die Spots und die übrigen Lampen waren montiert worden und tauchten den Laden exakt so in Licht und Schatten, wie es in der Simulation ausgesehen hatte. Die Wirkung war grandios, da die Setzkästen ebenso in den Mittelpunkt gerückt wurden wie die edleren Komplettsätze in der Vitrine. Die Plexiglasabdeckungen vor den Setzkästen waren so dezent, dass man sie kaum wahrnahm.

„Das ist ja fast wie in einem Museum", stellte Leslie fest, als sie am Morgen mit zwei Bechern Kaffee von Fiona in den Laden eingelassen wurde.

„Ja, und das ist auch genau die Wirkung, die ich erzielen wollte", sagte Fiona erfreut. „Vor den Durchgang zum Hinterzimmer habe ich jetzt noch einen dicken Samtvorhang gehängt, damit der grelle Lichtschein von dahinten nicht die ganze Atmosphäre zunichtemacht. Und wie du siehst, sorgt die halbe Gardine am Schaufenster dafür, dass das Licht von der Seite etwas gedimmt wird."

Leslie setzte sich auf einen der Stühle der neuen Sitzgruppe. „Nicht schlecht, um sich von dem Überangebot für die Augen etwas zu erholen. Aber auf Dauer ein bisschen hart."

„Meine Kunden sollen ja nur verschnaufen können, aber nicht hier überwintern", gab Fiona schmunzelnd zurück und setzte sich zu ihr. „Danke für den Kaffee."

„Nach der Joggingrunde am Strand brauche ich immer einen Kaffee", sagte Leslie.

„Geht mir genauso", erwiderte Fiona mit todernster Miene. „Und dabei mach ich nicht mal eine Joggingrunde."

„Kann aber nicht schaden", meinte ihre Freundin.

„Berühmte letzte Worte des Mannes, der das Joggen erfand und beim Joggen starb." Fiona schüttelte den Kopf. „Ich werde mich mal zu langen Strandspaziergängen aufraffen, wenn hier alles läuft und ich Zeit dafür habe. Aber schneller als Spazieren muss nicht sein, jedenfalls nicht, solange ich keinen Bus oder Zug erwischen muss, weil er der Letzte an diesem Tag ist."

Leslie trank von ihrem Kaffee, dann fragte sie: „Hast du eigentlich in Sachen Nachschub für deinen Laden irgendwas erreichen können?"

„Ich warte noch auf einige Rückmeldungen", antwortete Fiona seufzend. „Leider haben viele Großhändler im Moment Betriebsferien, weil die Souvenirläden sich ja vor der Saison eingedeckt haben und nicht noch mehr bestellen, jedenfalls die meisten. Die anderen haben Pech gehabt. Aber ich habe da noch eine andere Idee."

„Verrätst du sie mir?", wollte Leslie wissen.

„Noch nicht", sagte Fiona. „Ich will mir im Moment darüber keine Gedanken machen, weil ich nicht weiß, ob das überhaupt funktioniert. Sonst male ich mir diese Idee in den schönsten Farben aus, und dann bekomme ich zu hören, dass das so leider nicht machbar ist."

„Kein Problem, ich kann warten", meinte ihre Freundin. „Und wann machst du auf?"

„Na ja, eigentlich wollte ich am Montag eröffnen, wenn ich bei dieser Zusammenkunft der anderen Geschäftsleute war", begann Fiona. „Ich wollte erst mal hören, ob ich da noch irgendwelche guten Tipps bekomme. Aber ..."

„Aber?"

„Aber heute und morgen findet doch dieses Beachvol-
leyball-Turnier unten am Strand statt“, fuhr sie fort.
„Und wie ich gehört habe, lockt das eine Menge Tages-
touristen an. Deshalb habe ich mich gefragt, warum ich
am Montag aufmachen soll, wenn doch heute und morgen der große Andrang in Crescent Bay herrscht.“

„Du machst heute schon auf?“, rief Leslie begeistert.
„Wann denn genau?“

„In einer halben Stunde. Um neun.“

„Wow, und ich darf live dabei sein!“

„Freu dich nicht zu früh. Wenn es zu voll wird, setze
ich dich als Türsteherin ein“, warnte Fiona sie augenzwinkernd.

Kapitel 8

Es war Fiona zeitweise so vorgekommen, als hätten die Menschen noch nie zuvor einen Fingerhut gesehen oder als hätten sie schon ihr Leben lang vergeblich nach Fingerhüten gesucht. Als sie am Samstag um neun Uhr die Ladentür aufschloss, passierte fünf Minuten lang gar nichts. Der größte Teil der Touristen war auf dem Weg runter an den Strand, wo die Partien stattfanden, aber dann blieben zwei ältere Frauen vor ihrem Laden stehen und lasen die Beschriftung auf dem Schaufenster. Ihre verwunderten Mienen verrieten, dass sie beim Wort „fanatische" hängen geblieben waren. Schulterzuckend kamen sie näher und betraten Fionas Geschäft.

„Guten Morgen", begrüßten sie und Leslie ihre ersten regulären Kunden. Zumindest waren sie theoretisch Kunden, denn praktisch würden sie das erst sein, wenn sie etwas kauften.

Die beiden Frauen unterhielten sich im Flüsterton, sodass Fiona kein Wort verstehen konnte. Ihre Art hatte etwas Ehrfürchtiges an sich, da ihr Verhalten mehr so wirkte, als hätten sie ein Museum oder eine Kirche betreten.

Fiona ließ sie noch ein paar Minuten von Setzkasten zu Setzkasten wandern, dann ging sie hin und fragte: „Kann ich Ihnen behilflich sein? Suchen Sie etwas Bestimmtes?" Die zweite Frage war ihr reflexartig über die Lippen gekommen, weil sie sie schon unzählige Male in allen möglichen Geschäften gehört hatte. Dabei wollte sie genau das gar nicht fragen, da sie immer noch keinen Überblick über all ihre Fingerhüte hatte und höchstwahrscheinlich nichts dazu sagen konnte, wenn die beiden wirklich etwas Bestimmtes suchten.

„Nein, wir wollen uns nur erst mal umsehen", sagte die ältere der beiden Frauen. „Sie haben so eine wunderbare Auswahl, dass wir gar nicht wissen, wohin wir zuerst gucken sollen. Sie müssen wissen, ich habe früher Fingerhüte gesammelt, aber irgendwann ist das Hobby in Vergessenheit geraten, weil ich mich um meine Familie kümmern musste. Meine Fingerhüte liegen in irgendeiner Kiste auf dem Dachboden, und als ich Ihren Laden gesehen habe, da habe ich beschlossen, diese Kiste vom Dachboden zu holen und meine Sammlung wieder auszupacken – und sie um ein paar neue Exemplare zu ergänzen. Sie können schon mal diese fünf da unten zurücklegen, die mit den Hieroglyphen."

„Gerne", sagte Fiona und klappte die Abdeckung so weit hoch, dass sie darunter hindurchgreifen konnte.

„Haben Sie davon noch mehr?"

„Tja, das kann ich Ihnen leider im Moment nicht sagen, weil ich noch einige Tausend Fingerhüte im Lager habe, die so gut verpackt sind, dass ich nicht weiß, welche Schätze da sonst noch liegen."

„Oh, das ist schade", meinte die etwas jüngere Frau. „Wir sind nur heute hier, weil unsere Enkelin am Turnier teilnimmt und wir sie mal bei einem Spiel erleben wollen."

„Und woher kommen Sie?"

„Aus Manchester."

„Hm, dann schlage ich vor, dass Sie mir Ihre Telefonnummer geben, und sobald ich mehr von diesen ägyptischen Motiven finde, melde ich mich bei Ihnen", sagte Fiona. „Was halten Sie davon? Ich könnte Ihnen dann auch Fotos von den Fingerhüten schicken."

„Das würden Sie machen?", fragte die ältere Frau erfreut.

„Das gehört zum Service dazu", erwiderte Fiona. „Ich lege die schon mal an die Kasse, Sie können sich weiter in Ruhe umsehen."

Ein junges Paar kam in den Laden und wanderte ebenfalls von einem Setzkasten zum nächsten. Die Frau zeigte hierhin und dorthin, und als sie nach einer Weile ein Zeichen gaben, dass sie Hilfe benötigten, ging Leslie zu ihnen, da in diesem Moment die beiden älteren Frauen zur Theke kamen und Fiona einen Zettel mit den Koordinaten der Fingerhüte gaben, die sie ebenfalls kaufen wollten.

Fiona kümmerte sich um die Bestellung, anschließend verpackte sie zunächst jeden Fingerhut einzeln, dann machte sie daraus ein gut gepolstertes größeres Paket, das sie in einen Bogen Papier wickelte und zuklebte. Wenigstens konnte Fiona auf diese Weise nach und nach den Berg an Luftpolsterfolie reduzieren, ohne dass der im Plastikmüll landete. Allerdings würde der Vorrat noch sehr lange halten, da sie das riesige Stück Folie, in das die Fingerhüte vor dem Einlagern verpackt worden waren, mindestens in fünf kleinere Stücke zerteilen konnte, die immer noch genügten, um das dünne Material vor Schäden zu schützen.

Nachdem die beiden älteren Frauen glücklich und zufrieden gegangen waren, kam das junge Paar zur Kasse, wo Leslie die drei Fingerhüte deponiert hatte, die die beiden ausgesucht hatten. Als auch sie den Laden verlassen hatten, machte Fiona noch einmal die Kasse auf und zählte die soeben eingenommenen Geldscheine. Ungläubig sah sie ihre Freundin an. „Wir haben noch nicht mal halb zehn, und ich habe schon fast zweihundertzehn Pfund eingenommen?"

„Wenn das so weitergeht, brauchst du heute Nachmittag eine zweite Kasse, weil die dann voll ist", scherzte Leslie. „Aber ich kann dir auch ein Bündel abnehmen, wenn dir das lieber ist."

„Das kann ich mir sehr gut vorstellen", konterte Fiona. „Aber ich habe ja noch ganz viele leere Plastikboxen, in denen ich die vielen Scheine zwischenlagern kann."

Sie hatte kaum ausgesprochen, da betraten schon die nächsten neugierigen Kunden das Geschäft.

Als Fiona gegen acht Uhr am Abend den Laden abschloss, weil sie sich wie gerädert fühlte, waren auf der Promenade immer noch viele Touristen unterwegs. Vermutlich hätte sie auch bis nach Mitternacht noch Fingerhüte verkaufen können, wenn sie danach ging, was den ganzen Tag über los gewesen war. Zweimal hatte sie für je zwanzig Minuten die Tür abgeschlossen und einen „Bin gleich zurück"-Zettel an die Scheibe geklebt, weil sie unbedingt etwas hatte essen müssen. Im Lauf der Stunden waren die Setzkästen so geräubert worden, dass sie zwischendurch noch zwei weitere Kisten hatte auspacken müssen, um die entstandenen Lücken wenigstens provisorisch zu füllen. Die Kunden, die erst am Nachmittag zum ersten Mal herkamen, sollten schließlich nicht glauben, dass hier eine Art Resteverkauf stattfand.

Jetzt, da geschlossen war, konnte sie in Ruhe alle Fächer neu bestücken, damit sie für den nächsten Tag gewappnet war, der gern wieder so hektisch werden durfte wie der heutige – auch wenn sie befürchtete, mit ihrem Bestand viel schneller am Ende zu sein als bislang angenommen.

Ein Kunde hatte sich innerhalb von einer Stunde gleich viermal nach dem Elvis-Sternzeichen-Satz erkundigt, für den sie bislang keinen Preis hatte festsetzen können, weil sie nirgends im Internet auf diese Sammlung gestoßen war. Es war so, als würde er gar nicht existieren, was den Inhalt dieser kleinen Schatulle entweder zu etwas völlig Wertlosem oder zu einem kostbaren Schatz machte. Vielleicht hatte sich ja auch nur jemand einen Scherz erlaubt und diese zwölf Fingerhüte in Heimarbeit bemalt, um einem Fan etwas Originelles schenken zu können. Möglicherweise war die an sich witzige Idee nicht auf die nötige Gegenliebe gestoßen, und der Beschenkte hatte den Satz weitergegeben, bis er irgendwann bei ihrer Tante gelandet war. Die paar Pfund, die dieser Kunde ihr heute geboten hatte, waren in jedem Fall ein Witz. Allein die Holzkiste war mehr wert als das, was er ihr hatte zahlen wollen – auch bei seinem vierten Besuch, bei dem er sein Gebot noch mal um einen geringen Betrag erhöht hatte. Daher war sie sich nicht sicher, ob dieser Interessent vielleicht nur ein billiges Geschenk für jemanden suchte oder ob er dachte, er könnte Fiona übers Ohr hauen und ihr die Fingerhüte für wenig Geld abnehmen, um sie anschließend für umso mehr Geld im Internet zu verkaufen.

Dass auf ihrem Zettel die Kontaktdaten von insgesamt vierzehn Kunden standen, denen sie Bescheid geben sollte, sobald Fingerhüte mit einer Ansicht von Crescent Bay lieferbar waren, bewies ihr, dass sie tatsächlich eine Marktlücke entdeckt oder besser gesagt wiederentdeckt hatte, denn die Sammlung ihrer Tante zeigte ja, dass Fingerhüte schon einmal sehr gefragt gewesen sein mussten – nicht nur von ihrer Tante, sondern von Tausenden von Touristen in aller Welt. Sie musste unbedingt dieser Idee nachgehen, die sie Leslie gegenüber nur angedeutet hatte. Wenn das funktionieren sollte ...

Als Fiona am Montagmorgen um halb zehn den Laden öffnete, hatte sie einen noch anstrengenderen Sonntag hinter sich. Hinsichtlich der Einnahmen war er zwar ein Stück weit hinter dem Samstag zurückgeblieben, doch das lag eindeutig daran, dass die meisten Kunden diesmal nur ein oder zwei Fingerhüte gekauft hatten. Am Samstag hatte es dagegen noch ein paar Besucher mehr in der Art der beiden alten Damen gegeben, die jeweils mit zehn oder mehr Fingerhüten nach Hause gegangen waren.

Alles in allem konnte sie mit dem Wochenende mehr als zufrieden sein – und mit ihrem spontanen Entschluss, bereits am Samstag zu öffnen, wenn es von Touristen nur so wimmelte. Im Lauf des Sonntags hatte sie befürchtet, das Treffen der Geschäftsleute zu verpassen, weil sie ihre Kunden nicht vor die Tür setzen wollte. Aber am Nachmittag war sie dann von Penny angerufen worden, die ihr Bescheid geben wollte, dass das Treffen auf den Montag verschoben worden war. Bei der Entscheidung für den Termin am Sonntag hatte niemand an das Turnier am Strand gedacht, aber so wie Fiona wollte auch kein anderer den potenziellen Kunden die Tür vor der Nase zuschlagen.

Sie war gerade hinter die Theke zurückgekehrt, da kam eine Frau herein, die zielstrebig zu ihr kam. Sie wirkte ein wenig wie aus einer Modezeitschrift entsprungen, da sie von Kopf bis Fuß in Designerkleidung gehüllt war – sofern man davon ausging, dass die dezenten Logos echt waren –, die farblich perfekt aufeinander abgestimmt war.

„Guten Morgen", sagte Fiona freundlich, auch wenn sie das Gefühl hatte, dass mit der Frau irgendetwas nicht stimmte. Falls sie sie ausrauben wollte, kam sie zu spät, da Fiona die Einnahmen vom Wochenende dem Kurier der Bank mitgegeben hatte, der um kurz nach acht am Morgen hergekommen war. Sollte die Frau ihr nicht glauben, konnte sie sich die Quittung ansehen, die der Kurier ihr dagelassen hatte.

„Guten Morgen", erwiderte die Frau. „Ich ... ähm ... suche ein Geschenk für meinen Mann."

„Und wie kann ich Ihnen da weiterhelfen?"

„Nun, er ist ein großer Elvis-Fan", antwortete sie.

Fiona hätte sich fast lobend auf die Schulter geklopft, weil sie der Frau etwas angemerkt hatte. Geirrt hatte sie sich nur, was die wahre Absicht anging.

„Und ich wollte fragen, ob Sie wohl etwas in der Richtung haben."

„Sie meinen Elvis-Fingerhüte?", fragte Fiona scheinbar arglos. „Mit seinem Porträt? Oder mit Plattencovern?"

Die Frau schüttelte den Kopf. „Nein, es sollte schon etwas Originelleres sein."

Während sie redete, zuckte Fiona leicht zusammen, da soeben der rätselhafte Möbelpacker aus der letzten Woche zurückgekehrt war. Jetzt trug er einen Anzug und hielt einen schmalen Aktenkoffer in der Hand.

Arbeitete er mit dieser Frau zusammen? Sollte die Frau sie ablenken, während er die Setzkästen ausräumte? Oder planten sie noch etwas viel Schlimmeres? Fiona wurde bewusst, dass sie sich bislang noch keine Gedanken darüber gemacht hatte, wie sie bei einem Überfall reagieren sollte. Und was sie machen sollte, wenn sie allein schon das Gefühl hatte, dass ein Kunde irgendetwas vorhatte.

Sie sah, dass der Mann näher kam und ein Stück hinter der modisch gekleideten Frau stehen blieb. Sollte sie rauslaufen und um Hilfe rufen? Würde ihr das überhaupt gelingen? Oder würden sie ihr den Weg versperren, um sie daran zu hindern?

„Etwas Originelleres?", fragte sie und versuchte, Ruhe zu bewahren. „Da hätte ich einen Satz Fingerhüte, die Elvis als Sternzeichen zeigen. Sehr selten, soweit ich weiß." Sie zeigte auf die Vitrine.

„Vielleicht sehr selten, aber nicht sehr schön", meinte die Frau abfällig. „Dafür gebe ich Ihnen zwei Pfund pro Stück, also vierundzwanzig insgesamt." Sie zuckte flüchtig mit den Schultern. „Ich will ja nicht so sein. Dreißig mit der Holzkiste."

„Hm, etwas wenig", erwiderte Fiona mit gespielter Unschlüssigkeit und bemerkte irritiert, wie der Mann daraufhin verschmitzt lächelte, so als wäre ihm klar, dass sie die Absichten dieser Frau durchschaut hatte.

Irgendwie ergab das alles keinen Sinn. Wenn er mit ihr unter einer Decke steckte, hätte er doch verärgert sein müssen.

„Fünfunddreißig?", schlug die Frau schnaubend vor.

„Na ja, also, Sie müssen wissen, dass meine unterste Preiskategorie bei knapp fünf Pfund pro Fingerhut liegt …", wandte sie ein.

„Dann also sechzig für alle zusammen?"

„… und üblicherweise sind solche Komplettsätze immer etwas teurer, weil sie einem die kostspielige Suche nach dem einen fehlenden Fingerhut abnehmen", redete Fiona weiter.

Die Frau kniff kurz die Augen zu, während der Mann sich köstlich zu amüsieren schien. Vielleicht gehörten sie ja zusammen, und sie hatte entschieden, diesen Part zu übernehmen, weil sie ihm nicht glauben wollte, dass sie damit überfordert sein würde. Jetzt hatte sie bewiesen, dass er recht hatte, und er würde gleich mit vorgehaltener Waffe die Herausgabe der verdammten Fingerhüte verlangen.

„Meinetwegen das auch noch." Die Frau verdrehte die Augen. „Also fünfundsiebzig Pfund oder …?"

„Zweihundert", rief der Mann dazwischen.

Nun verstand Fiona gar nichts mehr. Wenn er mit dieser Frau zusammenarbeitete, warum überbot er sie dann?

„Was fällt Ihnen denn ein?", fuhr die Frau ihn an.

„Ich zahle zweihundert", erklärte er und zuckte mit den Schultern. „Ist das für Sie ein Problem?"

„Ein Problem? Dreihundert", gab sie zurück.

„Fünfhundert."

„Siebenhundertfünfz…"

„Tausend", fiel er ihr lächelnd ins Wort.

Sie musterte ihn wütend. „Tausendfünfhundert."

Fiona sah zwischen den beiden hin und her und fühlte sich versucht, „Zum Ersten, zum Zweiten ..." zu rufen.

„Tausendsiebenhundertfünfzig", konterte er gelassen.

„Zweitausend", sagte sie energisch.

„Dreitausend, und jeweils ein Pfund mehr als ihr höchstes Gebot", sagte er an Fiona gewandt und zeigte auf die Frau neben ihm.

„Dreitau...", begann die Frau, aber er grinste sie breit an.

„Was sie sagt plus ein Pfund", betonte er.

„Verflucht!", schimpfte die Frau und stürmte aus dem Laden, so schnell ihr das auf ihren hohen Absätzen möglich war.

„Grüßen Sie doch bitte Ihren Freund, der schon so lange nicht mehr nach diesen Fingerhüten gefragt hat", rief Fiona der Frau ironisch hinterher, die kurz an der Tür stehen blieb und sich ein letztes Mal umdrehte. Ihr knallroter Kopf verriet, dass sie ertappt worden war.

„Das war lustig", meinte der Mann, als er der davonstaksenden Frau hinterhersah.

„Lustig wird es erst, wenn Sie mir dreitausend Pfund auf den Tisch legen, und zwar sofort", sagte Fiona energisch. „Sonst rufe ich diese Frau zurück und verkaufe ihr den Elvis-Satz für zweitausend."

„Tut mir leid, aber von mir werden Sie keinen Penny bekommen", erwiderte er amüsiert. Gerade als sie losrennen wollte, fügte er hinzu: „Aber von meinem Geschäftspartner bekommen Sie fünftausend."

„Sie wollen mich doch nur auf den Arm nehmen“, fauchte sie ihn an. „Sie Pseudo-Möbelpacker! Was wollen Sie von mir? Was sollen diese Spielchen? Warum vertreiben Sie jetzt eine Kundin, die mir zweitausend Pfund gezahlt hätte?“

„Weil Sie viel mehr dafür bekommen können“, erklärte er.

„Wer zum Teufel sind Sie?“, herrschte sie ihn an.

„Neil Brandis“, stellte er sich vor und zog eine Visitenkarte aus der Brusttasche seines Anzugs. „Anwalt in London, beruflich momentan hier in der Gegend unterwegs.“

„Und im Nebenjob Möbelpacker?“, fragte sie.

„Nein, eigentlich nicht“, gestand Neil ihr lachend. „Ich ... ähm ... Ich hatte Sie von draußen gesehen, als ich an Ihrem Geschäft vorbeikam, und Sie ... na ja, Sie gefielen mir, und ich dachte, ich versuche einfach mal mein Glück und lade Sie zum Essen ein.“

„Aber Sie haben mich nicht zum Essen eingeladen“, konterte sie.

„Weil Sie mich sofort zum Kistenschleppen verdonnert hatten.“

„Warum haben Sie nicht einfach gesagt, dass Sie mit den Möbelpackern nichts zu tun haben?“

Neil zuckte mit den Schultern. „Ich dachte, wenn ich Ihre Kisten reintrage, merken Sie, dass ich ein netter Kerl bin, und dann habe ich bessere Chancen, wenn ich Sie zum Essen einlade.“

„Was Sie dann aber trotzdem nicht gemacht haben“, hielt sie ihm vor.

„Ja, weil ein Mandant anrief, der mich unbedingt sprechen musste“, sagte er betreten. „Ich konnte nicht länger bleiben, und ich konnte Ihnen nicht mal eine Erklärung geben oder Sie einladen. Dafür war der Fall einfach zu dringend, zumal ich noch eine Viertelstunde brauchte, um zu meinem Wagen zu kommen, ehe ich überhaupt losfahren konnte."

„Und jetzt kommen Sie her, um mir ein gutes Geschäft zu verderben?"

„Um Ihnen ein besseres Geschäft zu ermöglichen. Mein Partner in unserer Kanzlei ist ein Elvis-Sammler, wie ich noch keinen erlebt habe", erklärte er. „Was da in Ihrer Vitrine liegt, sollten Sie besser gut wegschließen. Diese zwölf Fingerhüte sollten vor ein paar Jahren auf den Markt kommen, jeden Monat einer, bis die Sammlung komplett ist. Das sollte eine ganz große Sache werden, die gesamte Marketingkampagne war vorbereitet, und buchstäblich zwei Monate vor dem Start entschieden sich die Rechteinhaber an der Marke Elvis gegen diese Fingerhüte. Sämtliche Fingerhüte wurden eingestampft, alle Werbeflyer und Plakate endeten im Reißwolf."

„Und wieso existiert dieser Satz?", wollte Fiona wissen.

„Das ist einer von angeblich vier Komplettsätzen, die beim Einstampfen vergessen wurden, weil ein paar Muster verschickt wurden", sagte Neil. „Drei sollen irgendwo in den USA in Sammlerhand sein, von dem vierten wurde immer gemunkelt, dass er sich irgendwo in England befinden musste, weil man vermutete, dass dieser Satz zu den hiesigen Kooperationspartnern geschickt worden war, damit sie sich das Produkt ansehen und entscheiden konnten, ob sich das auch für den europäischen Markt eignete. Es waren immer nur Mutmaßungen, weil niemand sich zu Wort meldete, der von der Existenz der Box mit dem Komplettsatz wusste. Das war ja auch kein Wunder, schließlich hatte er die Anweisung missachtet, die Fingerhüte zu zerstören."

„Wenn der so selten ist, müsste er dann nicht noch wertvoller sein?", fragte Fiona ein wenig skeptisch.

„Theoretisch ja, aber Elvis als Wassermann oder als Steinbock … das ist so unglaublich albern und misslungen, dass sich diese Sammlung vermutlich sowieso nicht verkauft hätte. Den Misserfolg hatten wohl auch die befürchtet, die in letzter Sekunde den Stecker gezogen hatten. Die Fans machen eine Menge mit, aber mit dem falschen Produkt kann man einer Marke einen gehörigen Imageschaden bereiten."

Fiona nickte nachdenklich. „Na ja, besonders gelungen finde ich die Idee mit den Sternzeichen auch nicht. Und ich bin nicht mal Fan. Aber trotzdem will Ihr Geschäftspartner so viel Geld dafür ausgeben?"

„Ja, weil gerade solche Produkte seine große Sammelleidenschaft sind", sagte Neil. „Er gibt ein Vermögen für den Entwurf einer LP-Hülle aus, die so nie erschienen ist. Oder für eine Elvis-Single, bei der sich durch einen Irrtum im Presswerk auf der B-Seite ein Stück von den Beatles befindet." Er sah sie forschend an. „Woher haben Sie diesen Satz?"

„Von meiner Tante geerbt, aber wie sie da rangekommen ist, weiß ich nicht", musste sie zugeben. „Ich muss mir noch verschiedene Unterlagen von ihr ansehen. Falls ich da einen Hinweis auf die Fingerhüte finde, lasse ich es Sie wissen."

„Den können Sie mir ja beim Abendessen erzählen, zu dem ich Sie dann einlade", sagte er.

„Tja, dann wird das mit dem Abendessen aber noch laaange dauern, Mr Brandis", erwiderte sie. „Ich habe nämlich vorläufig noch keine Zeit, um mich mit diesen Sachen zu befassen."

„Sagen Sie doch bitte Neil. Ich bin nicht geschäftlich hier", bat er sie. „Was die Einladung angeht, haben Sie mich wohl missverstanden. Ich würde Sie gern für morgen Abend einladen. Was Sie irgendwann mal in den Unterlagen Ihrer Tante entdecken, können Sie mir dann bei einem der vielen noch folgenden Abendessen berichten."

„Bei einem der vielen noch folgenden Abendessen? Hm, Sie sind aber sehr von sich überzeugt", sagte Fiona, konnte sich aber ein Lächeln nicht verkneifen.

„Bin ich auch", gab er grinsend zurück, dann wurde er ernst. „Ich habe aber noch eine andere Frage, weil mir eben einfällt, dass ich mich hier ja gebückt und hinge-hockt habe. Ich vermisse nämlich einen USB-Stick, und es könnte sein, dass der mir beim Kistentragen aus der Hosentasche gerutscht ist. Auf der Rückseite ist mein Nachname Brandis eingeritzt."

„Warten Sie", sagte sie und öffnete die Kasse. Sie hob eines der Münzfächer hoch, holte den Stick heraus und schloss ihn an ihren Laptop an. „Wenn Sie ihn öffnen können, gehört er Ihnen", fügte sie an, als sie den Lap-top zu ihm herumdrehte, nachdem das Fenster aufge-taucht war, das nach dem Passwort fragte.

Treffsicher tippte er eine Folge von Zeichen so schnell ein, dass Fiona ihm nicht mal hätte folgen können, wenn sie ihm bei der Eingabe zugesehen hätte. Er drehte den Laptop wieder zu ihr herum.

„Zufrieden?“

Auf dem Bildschirm waren mehrere Ordner zu sehen, einer war geöffnet und enthielt einen Berg von Dokumenten. Fiona nickte, tippte etwas ein und gab ihm den USB-Stick. „Hier, bitte.“

„Allein dafür möchte ich Sie zum Dank ein zweites Mal zum Essen einladen“, sagte er.

„Ich habe ja noch gar nichts zur ersten Einladung gesagt“, betonte sie.

„Die werden Sie annehmen“, gab er voller Überzeugung zurück.

„Ach, wirklich?“

„Ja, weil Sie jetzt wissen, dass ich ein netter Kerl bin. Bislang war ich für Sie der seltsame Möbelpacker, der gar kein Möbelpacker war, weshalb mit mir irgendwas nicht stimmen konnte“, fuhr er fort. „Aber jetzt hat sich alles geklärt, ich bin kein seltsamer Typ, sondern ein netter Kerl. Und ein Anwalt. Das ist doch schon mal was für den Anfang, oder?“

Ja, er schien ein netter Kerl zu sein, und was er ihr erzählt hatte, schien auch zu stimmen. Außerdem gefiel ihr seine Art, wie er sich selbst nicht so ganz ernst nahm.

„Oder gibt es jemanden, der etwas gegen eine Einladung einzuwenden haben könnte?“, hakte er nach, als sie nicht antwortete, sondern ihn nur weiter ansah.

„Nein, gibt es nicht, Mr ... Neil, wollte ich sagen. Ich bin übrigens Fiona“, fügte sie hinzu.

„Die mit den *fanatischen* Fingerhüten. Das hatte ich mir schon gedacht, Fiona", sagte er und zwinkerte ihr zu.

„Lange Geschichte", erwiderte sie.

„Dann haben wir ja schon ein Thema, über das wir beim Essen reden können."

„Ja ... Das heißt, nein ... Also vielleicht", stammelte sie. „Ich kann mich nur im Moment nicht auf irgendeine Beziehung einlassen, weil mein Laden meine ganze Aufmerksamkeit erfordert. Es wäre wirklich nur ein Abendessen ohne irgendwelche Versprechungen oder Verpflichtungen oder was auch immer."

„Oh, wie schade. Und ich habe schon den fertigen Ehevertrag mitgebracht", sagte er und machte eine betrübte Miene, während er auf seinen Aktenkoffer tippte.

„Den ... was?", fragte sie verdutzt, musste dann aber lachen, als ihr klar wurde, wie seine Worte gemeint waren. „Okay, ich gebe auf. Ich lasse mich von Ihnen zum Abendessen einladen. Zufrieden?"

„Zufrieden. Morgen Abend um acht im *His Master's Sauce?*"

„Habe ich eine Wahl?", fragte sie amüsiert.

„Nein, weil ich den Tisch schon letzte Woche reserviert habe", gab er todernst zurück, verabschiedete sich mit einem Augenzwinkern und verließ den Laden.

Fiona sah auf ihr Handy und kämpfte mit sich, weil sie einerseits davon überzeugt war, dass seine letzten Worte auch nur im Spaß gemeint waren, sie andererseits aber wissen wollte, ob er den Tisch vielleicht doch schon längst reserviert hatte. Sie musste nur Leslie fragen, aber dann musste sie ihr auch alles erzählen. Okay,

sie würde ihr auch alles erzählen müssen, wenn sie
beide morgen Abend von Leslie bedient wurden. Aber
dann musste sie übermorgen mit ihren Erklärungen
rausrücken, nicht schon heute.

Kapitel 9

„Und wenn deine Tante dir nicht diesen Berg Fingerhüte hinterlassen hätte, sondern ... na ja, einen Berg Kuckucksuhren, was hättest du dann gemacht?", fragte Neil, gerade als Leslie an den Tisch kam und die Teller des Hauptgangs abräumte.

„Ein dummes Gesicht", warf sie ein, bevor Fiona etwas erwidern konnte. „Oh", machte Leslie und hielt sich kurz die Hand vor den Mund. „Tut mir leid, aber ich war gerade so in Gedanken, dass mir nicht bewusst war, dass ich auf der Arbeit bin."

„Kann ja mal passieren", gab Fiona ironisch zurück. „Solange du nicht dreimal statt zweimal Nachtisch bringst und dich zu uns setzt."

„Bin schon weg", sagte Leslie, zwinkerte Neil zu und zog sich mit den benutzten Tellern zurück.

„Irre ich mich, oder wartet deine Freundin ungeduldig darauf, dass wir zum Ende kommen, damit sie dich ausfragen kann, wie ich denn so bin?", fragte er.

„Ihre Neugier hat sie schon als Zehnjährige nicht unter Kontrolle gehabt", sagte Fiona nach einem prüfenden Blick über die Schulter, ob ihre Freundin mit dem Geschirr auch tatsächlich in der Küche verschwunden war oder ob sie noch irgendeinen Vorwand gefunden hatte, am Nebentisch die Decke glatt zu ziehen oder einen Stuhl zu verrücken, damit sie noch einen Moment länger in Hörweite bleiben konnte. „Aber sie hat es nie böse gemeint. Sie ist wirklich okay, und wenn man weiß, dass sie gern mal ein paar Fragen mehr stellt, als sie eigentlich sollte, kann man sich gut darauf einstellen und entsprechend reagieren."

Neil nickte verstehend. „Und was wirst du ihr sagen?"

„Was sollte ich ihr sagen?"

„Na, wie ich so bin."

Fiona musste grinsen. „Du bist ja genauso neugierig."

„Ich habe auch einen guten Grund", sagte er. „Schließlich steht und fällt damit unsere nächste Verabredung."

Sie verzog den Mund. „Ich fürchte, da musst du dich noch gedulden", erwiderte sie mit gespieltem Bedauern. „Erst mal ist der Abend noch nicht vorbei, und du kannst noch so viel verkehrt machen ..."

„Oder du", warf er ein.

„Oder ich", stimmte sie ihm zu. „Danach muss ich den Abend erst Revue passieren lassen ..."

„Und tiefenpsychologisch analysieren?", fragte Neil ironisch. „Ob es eine besondere Bedeutung hat, dass ich statt der Senfsauce zu meinem Fisch lieber eine Pfeffersauce haben wollte? Ob die Gründe dafür in meiner Kindheit zu suchen sind und ob sie etwas mit dem Verhältnis zu meiner Mutter zu tun haben?"

„Du meinst nach dem Motto: Was würde Freud dazu sagen?", konterte sie schmunzelnd.

„Zum Beispiel", entgegnete er, dann stutzte er. „Wovon hatten wir eben noch gesprochen?"

„Dass der Abend noch nicht vorbei ist und ich anschließend in mich gehen muss, um zu entscheiden, ob wir uns wiedersehen oder nicht", sagte sie.

Bevor Neil etwas erwidern konnte, kam Leslie um die Ecke und stellte ihr Tablett auf dem Tisch ab. „So, hier ist der Nachtisch. Vanilleeis mit heißer Schokolade", sagte sie und servierte die Dessertteller, dann zog sie sich gleich wieder zurück, ohne irgendeine Frage zu stellen.

„Mir gefällt das Lokal", erklärte Neil, nachdem er das Eis probiert hatte. „Das Essen wird hier so wunderbar schnörkellos serviert. Du bestellst Fisch mit Kartoffeln, und du bekommst Fisch mit Kartoffeln. Woanders wird der Fisch in gratinierten Erbsen gewälzt, dann mit pürierten Pistazien bestrichen, danach werden die Kartoffeln auf den Fisch geraspelt, und zum Schluss verschmiert der Koch noch einen Teelöffel Sauce auf der freien Hälfte des Tellers, damit die nicht so leer aussieht."

„Das hat dir gerade eine Menge Bonuspunkte eingebracht", musste Fiona zugeben. „Ich bekomme immer eine Krise, wenn ich in Fernsehsendungen sehe, wie das ganze Gericht zu einem Turm gestapelt wird, der sich auf dem ganzen Tisch verteilt, wenn man an der falschen Stelle versucht, ihn einzureißen. Ich gehe gern essen, aber ich mag es auch lieber altmodisch angerichtet."

„Ganz genau", sagte er. „Die einzige Ausnahme ist die japanische Küche, aber da hat das alles eine tiefere Bedeutung, eine Tradition. Unsere Köche machen das doch nur, weil sie denken, es sieht toll aus."

„Eine Kollegin von mir hat ein paar Jahre in Japan gelebt, weil ihr Mann dorthin versetzt worden war", erwiderte Fiona. „Aber ich glaube, sie hat sich nur von Sushi ernährt. Oder von Hamburgern. Von der japanischen Küche hat sie jedenfalls nie geredet. Dabei klingt das interessant."

„Das ist es auch“, bestätigte er und schien noch etwas
hinzufügen zu wollen, doch dann blieb er stumm.

Sie vermutete, dass er irgendetwas hatte sagen wollen, was bei ihr womöglich falsch angekommen wäre.
Sie nahm sich vor, ihn später noch darauf anzusprechen.

Als sie eine Viertelstunde später das Restaurant verließen, war es bereits stockfinster. Der Wind trug das
Meeresrauschen und Geräusch der Wellen zu ihnen,
die nicht weit von ihnen entfernt gegen die Felsen am
nördlichen Ausläufer der Bucht schlugen. In den Cafés
am Strand brannte noch Licht, aber dort wurde wohl
nur noch aufgeräumt und geputzt. Die Stühle, die vor
den Lokalen am Strand gestanden hatten, waren zu hohen Türmen aufeinandergestapelt worden, die soeben
von zwei Leuten hinter das Café getragen wurden, damit sich in der Nacht niemand am Mobiliar vergreifen
konnte.

Die Geschäfte entlang der Promenade waren alle bereits geschlossen und dunkel, nur bei ein paar brannte
noch die Leuchtreklame, obwohl die Laternen dicht genug beieinanderstanden und für genügend Helligkeit
sorgten. Die Promenade war verwaist, was auch Neil
bemerkte, der wusste, wie weit es bis zu ihrem Haus
war. „Darf ich dich noch nach Hause bringen?“

„Das würde mich sehr freuen“, sagte sie, hob aber die
Hand, als er ihr seinen Arm anbot. „Aber ich muss leider passen. Leslie wird mich noch aushorchen wollen,
und wenn du mich jetzt nach Hause begleitest, dann
muss sie allein bis dahinten laufen. Hier passiert zwar

nie was, jedenfalls habe ich noch nie von etwas Schlimmerem als dem einen oder anderen Ladendiebstahl gehört, aber ich wäre trotzdem in Sorge."

Er nickte verstehend. „Wie du möchtest, Fiona. Ich muss dann jetzt nach da drüben gehen, da steht mein Wagen."

„Gute Heimfahrt", sagte sie leise.

„Ich werde mir Mühe geben", erwiderte er, ging los, blieb nach fünf Metern stehen und kam zurück.

Fiona sah ihn fragend an. „Hast du was vergessen?"

„Nein", sagte Neil und grinste sie breit an. „Aber gerade eben war der Abend vorbei, und ich kann nichts mehr falsch machen, um den Abend zu verderben. Und du kannst mir jetzt verraten, wie ich so war."

Fiona konnte nicht anders und begann zu lachen. „Du bist verrückt, Neil, du bist einfach nur verrückt."

„Na, bitte, mehr wollte ich doch gar nicht wissen", gab er zurück und musste ebenfalls lachen.

Sie verstummten fast gleichzeitig und sahen sich an. Einen Moment lang spielte Fiona mit dem verrückten Gedanken, Neil zu küssen, aber bevor sie überlegen konnte, ob sie diesem Gedanken Taten folgen lassen sollte, ertönte hinter ihr ein „Juhuu, Fiona!", das Fiona leise seufzen ließ.

„Da kommt die Verhörspezialistin", meinte Neil und zog vielsagend eine Augenbraue hoch. „Wir sehen uns wieder?"

„Auf jeden Fall", erwiderte sie und zwinkerte ihm zu, ehe sie sich wegdrehte, um ihrer Freundin entgegenzugehen.

„Die Idee dazu hatte ich, als mir einer der Hersteller ziemlich patzig sagte, dass ich meine Fingerhüte doch bitte selbst schnitzen soll, wenn mir seine Preise nicht gefallen", erklärte Fiona, als sie am nächsten Morgen um zehn Uhr im Büro von Stephen Leighton nahe Wadebridge saß, einem Experten für 3D-Druck, der im Internet von seinen Kunden mit Lob überschüttet wurde. „Selbst schnitzen kann ich sie nicht, und wenn ich es versuchen würde, dann würde die kein Mensch kaufen wollen."

Stephen musste schmunzeln, als er das hörte.

„Aber ich kam dadurch auf die Idee, dass ich vielleicht gar nicht auf einen großen Hersteller angewiesen sein muss, wenn ich stattdessen einen Fingerhut aus dem 3D-Drucker nehme", fuhr sie fort. „Es ist nur ein Versuchsballon, und deshalb kann ich mir nicht auf gut Glück zweitausend Fingerhüte mit einem Bild von Crescent Bay in meinen Laden stellen, die mich dann auch noch ein Vermögen kosten."

„Ja, ich verstehe schon, was Sie meinen, Fiona", sagte Stephen und nickte bedächtig. „Sie brauchen erst mal ... sagen wir fünfzig Stück, um die Reaktion der Kunden zu testen, richtig?"

„Ja, genau." Sie griff in ihre Handtasche. „Ich habe Ihnen einen von diesen ganz simplen Fingerhüten mit einer Stadtansicht darauf mitgebracht, damit Sie wissen, was ich meine."

Er nahm den Fingerhut an sich und betrachtete ihn von allen Seiten. „M-hm. Das ist ja nun wirklich eine leichte Übung. Das könnten Sie auch mit einem von diesen handelsüblichen 3D-Druckern, die manchmal im Supermarkt angeboten werden."

„Das könnte ich, wenn ich Lust und Zeit hätte, mich in die Bedienung einzuarbeiten", stimmte Fiona ihm zu. „Aber ich gehe davon aus, dass ich mindestens ein Dutzend Fehlversuche produzieren werde, wenn ich das Programm erst mal einigermaßen beherrsche. Ich möchte aber ein professionelles Produkt, das gut aussieht und das die Kunden genau deshalb kaufen, aber nicht als Notlösung, weil es außer meiner Fingerhutkrücke nichts anderes mit der Aufschrift Crescent Bay gibt."

„Fiona, ich bin mir sicher, dass Sie etwas Besseres als eine Krücke produzieren würden, wenn Sie sich mit diesem Drucker befassen", sagte er lächelnd, während er den Fingerhut irgendwo zu seiner Rechten hinstellte, wo Fiona ihn nicht mehr sehen konnte.

„Das mag sein, aber ich habe es eilig, und ich schätze, dass so ein Teil aus dem Supermarkt eine Weile braucht, bis der fünfzig Exemplare gedruckt hat", erwiderte sie. „Jeder dritte oder vierte Kunde fragt nach Crescent Bay als Motiv, und mit jedem ‚Tut mir leid, habe ich nicht' entgehen mir ein paar Pfund in meiner Kasse."

Während er tippte, redete er weiter: „Da haben Sie natürlich recht. Da sind unsere Drucker doch ein bisschen schneller."

„Ein bisschen?", wiederholte sie ironisch. „Sie werben doch mit dem Tiny House, das Ihre Drucker an einem einzigen Tag hingezaubert haben. Da müssten fünfzig Fingerhüte doch eigentlich fertig sein, wenn man nur mal kurz wegschaut."

Stephen nickte amüsiert. „Was ist mit dem Motiv?"

„Ich dachte an ein kleines Foto, so wie das von der Tower Bridge auf dem Fingerhut, den ich Ihnen eben gezeigt habe."

„Wenn Sie die Rechte an dem Foto haben", machte er ihr klar.

„Die Rechte an dem Foto?"

„Hat der Fotograf Ihnen die Erlaubnis erteilt, sein Foto für Ihren Fingerhut zu verwenden?", wollte Stephen wissen. Im Hintergrund surrte irgendein Gerät.

„Ich weiß ja nicht mal, wer diese Fotos gemacht hat, die im Internet kursieren", erwiderte sie. „Außerdem möchte ich wetten, dass für das Foto von der Tower Bridge auch kein Mensch eine Erlaubnis eingeholt hat."

„Die Wette haben Sie jetzt schon gewonnen", sagte er. „Aber dieser Fingerhut wurde weiß Gott wo hergestellt, und niemand weiß, wen man für die Verwendung dieses Fotos belangen kann. Bei einem Fingerhut aus meinem 3D-Drucker mit einem Foto, das Sie mir gegeben haben, kann man die Urheberrechtsverletzung zu Ihnen zurückverfolgen."

„Aber ich will doch nur testen, ob so was ankommt", erwiderte sie.

„Ich sage ja nicht, dass man Sie belangen wird, aber es muss nur ein Exemplar in die falschen Hände geraten, und schon könnte jemand glauben, er müsse an Ihnen ein Exempel statuieren." Er zuckte mit den Schultern. „Wie gut können Sie zeichnen, Fiona?"

„Was hat das damit zu tun?"

„Wenn Sie ein Luftbild von Crescent Bay abmalen, es ein wenig stilisieren und das Ganze kolorieren, dann können wir das ohne Probleme verwenden", erklärte er. „Also?"

„Meine Freundin kann besser zeichnen als ich, glaube ich", antwortete Fiona.

„Dann fragen Sie Ihre Freundin, ob sie das für Sie machen würde", sagte Stephen. „Aber klären Sie mit ihr, dass sie Ihnen die Zeichnung zur Nutzung überlässt. Nicht dass sie auf einmal Geld dafür haben will, weil Sie mit ihrer Zeichnung Geld verdienen."

„Das würde sie nicht ...", begann sie, erinnerte sich dann aber daran, dass Leslie sich die Übergabe der Schlüssel für ihr Haus hatte quittieren lassen. Schließlich konnte man nie wissen, was noch alles kommen würde. „Aber Sie haben recht, Stephen. Das werde ich auf jeden Fall machen."

„Gut. Wenn die Zeichnung fertig ist, schicken Sie sie mir rüber und ich werde sehen, was ich damit anfangen kann", sagte er, griff hinter sich und stellte ihr den Fingerhut mit dem Bild der Tower Bridge hin.

Fiona stutzte. „Was soll ich damit?", fragte sie. „Wollen Sie den nicht als Vorlage für meinen Fingerhut nehmen."

„Die Vorlage habe ich ja noch", antwortete er und lächelte verschmitzt.

Fiona schüttelte den Kopf, da sie ihm im Augenblick nicht folgen konnte. Währenddessen griff er nach rechts, und ehe sie sich's versah, standen zwei Fingerhüte vor ihr, die identisch aussahen. „Was haben Sie gemacht?"

„Ihren Fingerhut eingescannt, ausgedruckt und mit dem Foto des Originals bedruckt, weiter nichts."

„Wow", murmelte sie. „Das ist ja unglaublich! Und so würde der Crescent-Bay-Fingerhut auch aussehen?"

Stephen nickte. „Man kann natürlich alle möglichen Veränderungen vornehmen. Er kann unten breiter werden, er kann höher werden, die Oberseite kann irgendein Muster aufweisen. Alles, was Sie wollen."

Beeindruckt zog sie die Augenbrauen hoch. „Mir fällt ein, dass wir noch gar nicht über den Preis geredet haben."

„Ich werde Ihnen ein Angebot schreiben", sagte Stephen. „Aber Sie müssen nicht fürchten, dass Sie arm werden. Ich weiß ja, dass das erst mal nur ein Versuch ist. Ich habe ein genauso großes Interesse wie Sie, dass es nicht nur bei dem Versuch bleibt. Wenn es gut läuft und Sie brauchen kontinuierlich Nachschub, können wir ja noch mal neu verhandeln, damit ich nicht ewig zum Selbstkostenpreis produziere."

„Das möchte ich auch gar nicht, Stephen", beteuerte sie. „Wenn sich diese fünfzig Exemplare so schnell verkaufen, wie ich mir das erhoffe, kalkulieren Sie bei der nächsten Lieferung auf jeden Fall mit der Gewinnspanne, die Sie brauchen. Keiner von uns hat Geld zu verschenken." Nach einem Moment fügte sie hinzu: „Außerdem will ich, wenn diese Fingerhüte sich gut verkaufen, mindestens drei weitere Motive anbieten. Einen mit nichts weiter als dem Schriftzug Crescent Bay, einen mit dem *Hotel On The Rocks* und einen dritten vermutlich mit der Promenade, wenn sich das als Zeichnung so umsetzen lässt, dass man das Motiv auf den ersten Blick erkennen kann."

„Warnen Sie mich rechtzeitig vor, damit ich mir noch einen Drucker nur für Ihre Fingerhüte anschaffen kann, bevor Sie meine gesamten Kapazitäten für sich vereinnahmen", sagte er lachend.

„Ich werde versuchen, daran zu denken", entgegnete Fiona. „Apropos ‚daran denken'. Mir fällt gerade noch ein, dass ich auch ein paar Werbefingerhüte mit einem Foto von meinem Laden darauf brauche. So als Beigabe für Kunden, die zum Beispiel für fünfzig Pfund oder so einkaufen. Wenn ich das Foto selbst mache, gibt es doch keine Schwierigkeiten, oder?"

„Dann natürlich nicht", bestätigte er. „Mit den eigenen Fotos kann man anstellen, was man will."

„Na, wenigstens etwas", murmelte sie und nickte zufrieden. „Gut, dann werde ich die Künstlerin in meiner Freundin erwecken, und wir sprechen uns, sobald Sie einen Prototyp fertig haben." Sie stand auf und wollte zur Tür gehen, als ihr in einer Ecke ein Stuhl auffiel, auf den ein seltsames Gestänge montiert war, das wie ein nach vorne offener Käfig mit sehr großzügig platzierten Gitterstäben aussah.

„Was ist das denn, wenn ich fragen darf?"

Stephen lächelte stolz. „Das ist meine eigene Erfindung. Eine Art Schnellscanner für Objekte, die so stark verkleinert aus dem Drucker kommen, dass man selbst mit einer Lupe nicht alle Details erkennen könnte. Zum Beispiel Menschen, die in einem Modellauto sitzen oder auf einer Modellbahnanlage stehen." Fionas fragender Blick veranlasste ihn zum Weiterreden. „Sehen Sie, die üblichen Scanner erfassen jede Pore, jedes Härchen und jede Falte. Aber wenn die gescannte Person nachher als höchstens zehn Zentimeter große Figur aus dem Drucker kommt, dann sieht man keine Pore, und die feinen Härchen und Falten sind ebenfalls nicht mehr auszumachen. Trotzdem habe ich ein riesiges Datenpaket, weil das alle Details enthält. Dieser Scanner erstellt innerhalb von ein paar Sekunden eine Reihe von Fotos aus verschiedenen Perspektiven und mit wechselnden Lichtquellen, damit er anhand des Schattenwurfs Konturen darstellen kann. Beispielsweise die Nase oder das Kinn. Das geht alles viel schneller, der 3D-Drucker muss weniger Daten verarbeiten und druckt das Modell deutlich schneller aus. Ein Unterschied bei der Qualität und der Detailtreue der Figur ist nicht feststellbar. Wir haben das wiederholt getestet, aber die Personen, denen wir anschließend beide Versionen zur Begutachtung vorgelegt haben, konnten nie eindeutig sagen, dass diese oder die andere Figur weniger detailliert ist. Drei Viertel von ihnen konnten sich nicht für eine der Figuren entscheiden, und bei denen, die es getan haben, war es purer Zufall, auf wen die Wahl fiel."

„Das klingt interessant", sagte Fiona beeindruckt, während in ihrem Hinterkopf langsam eine Idee Gestalt annahm.

„Kommen Sie, ich zeige es Ihnen", sagte Stephen. „Setzen Sie sich auf den Stuhl und warten Sie einen Augenblick."

Fiona nahm Platz, lächelte, als Stephen sie dazu aufforderte, dann gab es drei Blitze von verschiedenen Seiten.

„Sie können sich wieder bewegen, Fiona."

„Das war's schon?"

„Ja, das war alles. Ich drucke das Ergebnis jetzt einfach mal aus, ohne Farbkorrekturen vorzunehmen, nur damit Sie sehen können, wie das Ganze am Ende aussieht." Noch während er redete, begann einer der 3D-Drucker in seinem Büro zu surren. Da der Vorgang ein paar Minuten in Anspruch nahm, zählte Stephen noch eine Reihe von technischen Details auf, bei denen

Fiona ihm nur zeitweise folgen konnte, da er immer wieder Abkürzungen benutzte, deren Bedeutung für ihn alltäglich war, ihr aber gar nichts sagten.

Schließlich hielt er ihr ihren eigenen Kopf hin, der keine drei Zentimeter groß war, aber trotzdem so detailliert war, dass sie das Gefühl hatte, ein Foto von sich zu betrachten. Ihr fehlten einen Moment lang die Worte, während sie sich von allen Seiten betrachtete.

„Könnte man …", begann sie zögerlich, da sie einerseits das Gefühl hatte, auf einen garantierten Verkaufsrenner gestoßen zu sein, andererseits aber fürchtete, dass die Idee nicht umsetzbar war. Sie überwand sich und fragte: „Könnte man einen Kopf, der so eingescannt worden ist, mit dem Scan des Fingerhuts kombinieren? Damit der Kopf auf dem Fingerhut sitzt und das Ganze eine Einheit bildet?"

Stephen zuckte mit den Schultern. „Warum nicht?", gab er zurück und bewegte mit der einen Hand die Maus, während seine andere Hand über die Tastatur zuckte. „Der Kopf sollte dann aber kleiner sein, damit der Fingerhut nicht umkippen kann, oder?"

„Auf jeden Fall", stimmte sie ihm zu. „Höchstens halb so groß wie dieser Ausdruck, eher noch etwas kleiner. Kann man dieses Gestänge eigentlich auch so einstellen, dass zwei Leute Platz finden? Ich könnte mir vorstellen, dass das für verliebte Paare genau das Richtige wäre."

Der Mann nickte beiläufig. „Das ist kein Problem, Fiona. Ich drucke dieses Modell erst mal nur als Entwurf aus, also ohne Farben und mit weniger Details."

Was keine drei Minuten später zwischen ihnen auf dem Schreibtisch stand, machte Fiona sprachlos. Genau so hatte sie sich den Fingerhut vorgestellt. „Das ist einfach ... Mir fehlen die Worte."

„Freut mich", erwiderte Stephen amüsiert. „Ich werde dieses Modell auch kalkulieren, damit Sie sehen können, ob sich das rechnet."

„Perfekt, Stephen", sagte sie und strahlte vor Freude – bis diese Freude auf einmal einen Dämpfer bekam. „Warten Sie. Ich kann ja nicht die Leute zu Ihnen schicken, wenn sie einen Fingerhut haben wollen, und ich kann mir auch keinen von Ihren Hochleistungsdruckern leisten. Von dem Scanner und Ihrem PC will ich ja gar nicht erst anfangen."

„Das ist kein Problem, Fiona", beruhigte er sie, da sie gerade wie ein Häufchen Elend dasaß. „Ich kann Ihnen einen Scanner zur Verfügung stellen, Sie scannen Ihre Kunden, schicken die Daten zu mir, der Drucker stellt den Fingerhut mit den Porträts her, und ein Kurier bringt Ihnen das fertige Produkt."

„Das geht?", fragte sie.

„Von meiner Seite aus auf jeden Fall", versicherte er ihr. „Sie müssten halt das mit dem Kurier regeln. Die Touristen, die nach Crescent Bay kommen, bleiben ja nicht nur eine Stunde, sondern verbringen so ziemlich den ganzen Tag da. Wenn Sie den Kunden sagen, dass sie ihren ganz persönlichen Fingerhut in ein oder zwei Stunden abholen können, dann werden die wenigsten sagen, dass sie so lange nicht warten können. Und notfalls können Sie immer noch vorschlagen, dass Sie ihnen den Fingerhut mit der Post schicken."

Erleichtert atmete Fiona auf. „Wenn das so ist, dann … dann würde ich fast schon sagen, dass wir im Geschäft sind, wenn der Preis passt.“

„Das werden wir schon hinkriegen“, meinte Stephen zuversichtlich. „Und denken Sie unbedingt daran, diese Scans nur gegen Vorkasse zu machen. Was die Leute einmal bezahlt haben, holen sie auch ab. Ansonsten bleiben Sie nämlich auf ein paar Dutzend Fingerhüten mit Köpfen drauf sitzen, die niemand sonst haben will.“

„Ja, der Gedanke war mir eben auch gekommen“, sagte sie. „Aber danke, dass Sie mich auch noch daran erinnert haben.“

„Das ist ja irre“, waren Leslies erste Worte, als Fiona nach ihrem Termin bei Stephen Leighton nach Crescent Bay zurückgefahren und dann zum Restaurant gegangen war, um ihrer Freundin in deren Mittagspause das Ergebnis ihrer Besprechung zu präsentieren.

„Jetzt kann ich nur hoffen, dass die Herstellungskosten nicht genauso irre sind“, erwiderte Fiona mit einer gewissen Skepsis. „Ich habe nämlich auch keine Ahnung, was ich für einen Porträtfingerhut überhaupt verlangen kann.“

„Schwer zu sagen, aber … na ja, wenn ich sehe, wie deine Kunden dir auch Fingerhüte für zehn oder fünfzehn Pfund aus den Händen reißen, dann würde ich da schon in Richtung zwanzig Pfund gehen. Und ich würde einen Staffelpreis machen.“

„Einen Staffelpreis? Wofür?“, fragte Fiona.

„Na, wenn die Millers einen Fingerhut mit dem Kopf ihrer süßen fünfjährigen Charlotte anfertigen lassen, dann wollen sie doch bestimmt ein Exemplar für die Großeltern, eins für die anderen Großeltern und drei oder vier für den Rest der Verwandtschaft", erklärte Leslie. „Wenn der erste Fingerhut zwanzig kostet, dann kostet der zweite nur noch siebzehn fünfzig. Drei Stück kosten neunundvierzig und so weiter."

„Wieso arbeitest du nicht irgendwo im Marketing anstatt als Bedienung?", fragte Fiona kopfschüttelnd, während sie sich eine Notiz auf ihrem Handy machte.

„Was glaubst du, wer hier im Laden die Preise festsetzt?", gab Leslie mit einem Augenzwinkern zurück. „Jedenfalls nicht der Chef."

„Oh, das wusste ich gar nicht", sagte Fiona und sah ihre Freundin voller Bewunderung an. „Apropos was ich nicht weiß: Du konntest früher verdammt gut zeichnen. Hast du das immer noch drauf?"

„Solange du nicht erwartest, dass ich dir eine Kopie von Rembrandts Nachtwache liefere, können wir darüber reden. Was brauchst du denn?"

Fiona schilderte ihr die Sache mit den Fotos und die Lösung, die Stephen vorgeschlagen hatte. Schließlich nickte Leslie flüchtig. „Kein Problem. Drei, vier Zeichnungen in Farbe sind schnell erledigt."

„Schaffst du das bis morgen früh?"

„Morgen früh um drei? Oder um vier?"

Fiona musste lachen. „Himmel, nein. Um neun oder um zehn. Ich muss die nur einscannen oder abfotografieren und Stephen schicken, dann kann ich mir später am Tag die Resultate bei Stephen ansehen."

„Sagen wir halb zehn", schlug Leslie vor.

„Okay, dann sage ich Neil Bescheid", sagte Fiona.

„Was hat Neil damit zu tun?", wollte ihre Freundin wissen und hob abwehrend die Hände, als sie hörte, dass die Nutzung ihrer Zeichnungen schriftlich festgehalten werden soll. „Ach, komm schon. Du machst das doch nicht hinter meinem Rücken, und auch wenn ich mir vorstellen kann, dass Fingerhüte von Crescent Bay gut laufen werden, denke ich nicht, dass du allein damit ein Vermögen scheffeln wirst, von dem ich dann keinen Penny sehen würde."

„Ja, ich weiß", erwiderte Fiona. „Aber ich habe für alle Fälle auch den Empfang der Schlüssel für mein Haus quittiert, damit du abgesichert bist. Keiner von uns weiß, was morgen ist, und wenn ich sehe, wie plötzlich zwischen Mum und Tante Beverly Funkstille bis zum Schluss herrschte, dann kann ich nicht ruhigen Gewissens sagen, dass mir so was nie passieren würde."

Leslie atmete seufzend aus. „Also gut, wenn du dich dann besser fühlst."

„Das werde ich."

„Gut, dann ruf deinen Neil an, damit er ein hundertzwanzig Seiten langes Vertragswerk aufsetzt", sagte sie schmunzelnd. „Aber die Rechte für eine Verfilmung bleiben bei mir."

„Er ist nicht *mein* Neil", widersprach Fiona prompt.

„Das sah beim Abendessen aber anders aus", meinte Leslie. „Diese Blicke, die ihr euch zugeworfen habt."

„Musst du nicht da hinsehen, wo du die Teller hinbringen sollst?", fragte Fiona ironisch. „Wie kannst du wissen, wie wir uns angesehen haben?"

„Ich kann auch mit geschlossenen Augen servieren, wenn es sein muss", konterte ihre Freundin. „Dann kann ich in der Zeit auch darauf achten, wie ihr zwei euch benehmt. Das war wirklich ..."

Fiona sah auf ihre Armbanduhr und unterbrach sie hastig: „Deine Pause ist zu Ende, du musst wieder an die Arbeit."

„Meine Pause ist noch nicht zu Ende, liebe Fiona. Ich kann dich noch siebeneinhalb Minuten lang löchern, bis du mir erz..."

„Hey, da ruft jemand: ‚Wann macht denn der Fingerhutladen wieder auf?'", fiel Fiona ihr ins Wort. „Tut mir leid, ich muss jetzt los."

„Wenn du das hören konntest", rief Leslie ihr lachend hinterher, „solltest du dich besser in die Fledermaus verwandeln, die du wohl eigentlich bist. Dann bist du schneller im Geschäft."

„Okay", sagte Neil, als Fiona, Leslie und er am nächsten Morgen im Fingerhutladen zusammensaßen. „Damit hat jeder alles unterschrieben, was er unterschreiben musste. Das ist dein Exemplar, Fiona, das hier bekommst du, Leslie, und ich nehme das in meine Akte. Die Vollmacht hast du unterschrieben", fuhr er an Fiona gerichtet fort, „damit niemand später behaupten kann, ich hätte irgendetwas ohne deine Einwilligung gemacht."

„Sehr schön", erwiderte Fiona. „Dann schreib mir bitte eine Rechnung, damit deine Arbeit auch honoriert wird."

„Ach, ich stelle dir nur eine Einladung zum Abendessen mit mir in Rechnung", gab Neil zurück, während er alle Unterlagen in eine dünne Aktenmappe schob.

„Hm, ich kann mir nicht vorstellen, dass du dich von all deinen Mandanten mit einem Abendessen bezahlen lässt", meinte Leslie amüsiert. „Das würde man deiner Figur bestimmt ansehen."

„Wartet mal“, ging Fiona dazwischen. „Du stellst mir die Einladung in Rechnung, hast du gesagt?“ Er nickte, sie fuhr fort. „Aber eine Einladung von deiner Seite bedeutet doch, dass *du* das Abendessen bezahlst.“ Wieder nickte er. „Also bezahlst du *dich selbst* für deine Arbeit? Versteuerst du das auch noch?“, fügte sie sarkastisch an.

„Nein, ich setze es als Bewirtungskosten ab“, entgegnete er grinsend.

„Entweder kann ich dem Ganzen nicht folgen“, murmelte Leslie, „oder es ist wirklich völliger Unsinn.“

„Natürlich ist es völliger Unsinn, aber so komme ich wenigstens in den Genuss, mit Fiona zu Abend zu essen“, antwortete Neil und sah Fiona an. „Also? Abendessen?“

Mit einem übertriebenen Seufzer ergab sie sich in ihr Schicksal. „Wenn es unbedingt sein muss.“

„Das muss es“, sagte er. „Und jetzt zu was anderem. Dieses Gerede von Fingerhüten mit Köpfen hat mich neugierig gemacht. Kannst du mir da was zeigen, oder ist das noch streng geheim?“

„Ich kann dir einen Entwurf zeigen“, antwortete sie, stand auf, ging hinter die Theke und zog eine Schublade auf. Dann kehrte sie mit drei Fingerhüten zum Tisch zurück. „Das ist eine Kopie von einem meiner Fingerhüte, das ist mein Kopf ohne Fingerhut, und das ist ein Entwurf für einen Fingerhut mit meinem Kopf obendrauf. Der ist jetzt nicht in Farbe, und er ist auch nicht so detailliert, aber da ging es auch nur um die Proportionen.“

Neil zog verdutzt die Augenbrauen hoch. „Der Kopf ist ja der pure Wahnsinn, du bist ganz genau zu erkennen. Das ist ... wow." Dann betrachtete er den Entwurf. „Ja, der Kopf sollte nicht viel größer sein, als er es da ist. Das passt sonst nicht zu den anderen Fingerhüten, auf die etwas aufgesetzt wurde. So wie die da drüben mit den Ritterhelmen. Und die Kopie von der Tower Bridge ... einfach gelungen."

„Gelungen und mit zwei Vorteilen gegenüber dem Original", sagte Fiona und nahm ihm den Fingerhut aus der Hand. „Der aus dem 3D-Drucker ist noch etwas leichter, und ..." – ohne Vorwarnung schleuderte sie den Fingerhut gegen die Wand, dann hob sie ihn auf und präsentierte ein völlig unversehrtes Teil – „... er ist viel stabiler als das Original. Das muss nur vom Tisch fallen und zerbricht in fünf Teile, während der Kunststoff so gut wie unverwüstlich ist."

„Ich nehme an, dieser Stephen speichert die Daten seiner Scans, richtig?", fragte Neil.

„Vermutlich ja", sagte Fiona. „Nein, nicht nur vermutlich. Als er meinen Kopf auf den Fingerhut aufgesetzt hat, da hat er noch mal die Daten vom Scan des ersten Fingerhuts genommen, um die beiden miteinander zu verbinden."

„Dann kann er dir deinen Kopf also noch mal ausdrucken?"

„Ganz bestimmt." Sie sah ihn verwirrt an. „Aber was soll ich mit zwei Köpfen?"

„Einen Kopf kannst du mir überlassen", schlug er vor.

„Mein Kopf ist nicht käuflich."

„Dann schenk mir deinen Kopf."

Leslie sah sich um und meinte amüsiert: „Was für ein Glück, dass außer uns niemand im Laden ist. Was sollen die Leute denken, wenn sie eine solche Unterhaltung hören?"

„Also?", hakte Neil nach.

„Ich weiß nicht, nachher brauchst du den für irgendeinen Voodoo-Kram", sagte Fiona. „Für irgendwelche seltsamen Rituale oder so."

„Ach, jetzt gib ihm schon deinen Kopf", warf Leslie ein. „Irgendwann wird er schon das Gefühl bekommen, von dir ständig beobachtet zu werden, und dann wird er ihn dir ganz schnell zurückgeben." Sie zwinkerte Neil zu, der sich daraufhin räusperte.

„Jetzt mal wieder ernst", sagte er und drehte sich zu Fiona um. „Deine Idee ist so originell, dass du sie beim Designamt anmelden solltest."

„Wofür denn das?"

„Na, damit du dich zur Wehr setzen kannst, wenn sie jemand nachmacht."

Fiona zog die Augenbrauen ungläubig hoch. „Wer soll das denn nachmachen wollen? Das ist ein harmloser Spaß für Touristen."

„Souvenirs sind weltweit ein Milliardengeschäft", widersprach er ihr. „Die Hersteller sind immer auf der Suche nach etwas Neuem, um den Leuten das Geld aus der Tasche zu ziehen. Und das hier, das ist wirklich was Neues. Wobei deine Idee nicht mal nur für Touristen in Seebädern oder in den Bergen interessant ist. Solche Fingerhüte kann man auch bei zig anderen Gelegenheiten anbieten. Auf Straßenfesten, auf Weihnachtsmärkten und so weiter."

„Es ist lieb von dir, Neil, dass du dir solche Gedanken machst“, sagte sie, nachdem sie gründlich über seinen Vorschlag nachgedacht hatte. „Aber im Augenblick ist mir das zu viel Bürokratie für eine Sache, von der ich nicht mal weiß, ob sie bei den Touristen überhaupt ankommt. Da muss ich bestimmt tausend Formulare ausfüllen, und dazu habe ich keine Lust. Jedenfalls nicht im Moment. Wenn ich sehe, dass die Idee auch wirklich von den Leuten angenommen wird, kann ich immer noch darüber nachdenken.“

Neil schien über ihre Entscheidung gar nicht glücklich zu sein. Aber es war nun mal so, wie sie sagte. Vielleicht gab es in den ersten zwei Wochen einen Ansturm auf Fingerhüte mit dem eigenen Kopf, und dann war das Interesse mit einem Mal erloschen, so wie bei tausend anderen Trends auch, die noch mal zwei Wochen später komplett vergessen waren und erst zehn Jahre später in einer von diesen Retro-Shows in der Rubrik „Wisst ihr noch?“ wieder auftauchten.

Es würde schon alles gut gehen, davon war sie überzeugt.

Kapitel 10

Gut sechs Wochen lang konnte sich *Fionas fanatischer Fingerhutladen* vor Zulauf kaum retten. Inzwischen war auch Neils Geschäftspartner vorbeigekommen und hatte die für ihn reservierten Fingerhüte abgeholt. Als wollte er dieses Ereignis feiern, blätterte er ihr eine Zwanzig-Pfund-Note nach der anderen auf die Theke, bis die stolze Summe von sogar sechs- statt nur fünftausend Pfund erreicht war. Er bezeichnete es als kleinen Bonus, da er zwischenzeitlich davon erfahren hatte, dass einer der anderen Sätze in den USA für einen mittleren fünfstelligen Betrag den Eigentümer gewechselt hatte.

Zweifellos wäre es auch noch lange Zeit so weitergegangen, hätte nicht an jenem Donnerstag im August ein Kurier den Laden betreten, um Fiona einen Brief zu überbringen.

Stephen hatte ihr für die Herstellung der Fingerhüte ein Angebot gemacht, durch das es ihr möglich geworden war, den von Leslie angedeuteten Preis um zwei Pfund zu unterbieten. Dafür hatte sie nach den ersten Tagen die Staffelpreise ein wenig angehoben, weil ein unerwartet hoher Anteil an Kunden drei bis fünf Exemplare haben wollte, um sie in der Verwandtschaft und im Freundeskreis verteilen zu können. Um dafür zu sorgen, dass Kunden die Wartezeit möglichst auf der Promenade überbrückten, erhielt jeder, der auf seinen ganz persönlichen Fingerhut wartete, einen Gutschein über zwei Pfund fünfzig, der in einem der anderen Geschäfte eingelöst werden konnte, entweder als Rabatt beim Einkauf oder als Nachlass auf eine Restaurantrechnung.

Auch die Fingerhüte von Crescent Bay, für die Leslie die Zeichnungen geliefert hatte, erwiesen sich als Renner – und das nicht nur in ihrem Laden. Alle anderen Geschäfte auf der Promenade hatten je eine Palette mit fünfundzwanzig Stück geordert und meldeten einen stetigen Verkauf. Manche Kunden wählten nur ein Design, andere nahmen von jedem der insgesamt fünf Motive ein Exemplar.

Fionas eigener Fingerhut, den ein Foto ihres Ladens zierte, hätte sich vermutlich genauso gut verkauft, aber den gab es nur als kostenlose Beigabe bei einem Kauf ab fünfundzwanzig Pfund. Es waren nicht wenige Kunden, die daraufhin noch drei oder vier Fingerhüte von den Etageren nahmen, auf denen die Ladenhüter standen.

Auf der langen Liste der Dinge, die sie noch in Angriff nehmen wollte, war ein Satz Fingerhüte, die jeder eines der Geschäfte auf der Promenade zeigten, sodass man die gesamte Häuserfront ins Regal stellen konnte.

Alles lief eigentlich bestens, und es wäre sicher auch noch besser gelaufen, da erst in der Wochenendausgabe einer überregionalen Tageszeitung auf einer Doppelseite über Fionas Erfolgsgeschichte und über ihre originelle Geschäftsidee berichtet worden war. Von dort schwappte die Geschichte ins Internet über und begann dort zu kursieren, wodurch Fiona auch darauf aufmerksam wurde, dass verschiedene Kunden der letzten Woche auf TikTok und anderen Plattformen ihre ganz persönlichen Fingerhüte präsentierten. Das erklärte auch, dass in den letzten Tagen ungewöhnlich viele Mädchen um die vierzehn oder fünfzehn ihren Laden stürmten, um allein oder mit der besten Freundin auf einem Fingerhut abgebildet zu werden.

Der Bote, der zwischen Stephens Firma und dem Fingerhutladen pendelte, musste jedes Mal größere Lieferungen transportieren, sodass Stephen bereits mit dem Gedanken spielte, einen seiner 3D-Hochleistungsdrucker in Fionas Laden zu schaffen und ihn von seinem Büro aus zu bedienen, da Fiona dafür definitiv keine Zeit hatte.

Aber schon seit ein paar Tagen nagte ein ungutes Gefühl an ihr, so als würde jeden Moment jemand kommen und sie wachrütteln, um ihr zu erzählen, dass sie alles nur geträumt hatte. Als an diesem Donnerstag dieser Kurier einen dicken Umschlag von einer Firma namens *GoldenFutureInc* überbrachte, dessen Empfang sie quittieren musste, nachdem sie sich ausgewiesen hatte, da sagte ihr eine innere Stimme, dass in diesem Umschlag nichts Erfreuliches stecken konnte. Als sie ihn schließlich aufriss, da sie die Ungewissheit nicht länger ertrug, und den zusammengehefteten Stapel herauszog, genügte ein Blick auf die ersten Zeilen, um das Gefühl zu bekommen, dass ihr jemand den Boden unter den Füßen wegziehen wollte ...

„Sehr geehrte Miss Freeman", las Neil den Brief halblaut vor, den Fiona ihm gegeben hatte. Gleich nach dem Erhalt des Schreibens hatte sie Neil angerufen, der darauf alles hatte stehen und liegen lassen, um sich anzusehen, was Fiona so in Angst und Schrecken versetzt hatte. „Durch einen Zeitungsartikel sind wir darauf aufmerksam geworden, dass Sie seit einigen Wochen ein Produkt anbieten – und das auch mit großem Erfolg –, für das wir vor geraumer Zeit Designschutz angemeldet haben, nämlich den im Zeitungsartikel von Ihnen so benannten personalisierten Fingerhut. Wie Sie aus der Anlage zu diesem Schreiben ersehen können, entspricht Ihr Produkt in allen wesentlichen Bestandteil unserem geschützten Produkt.

Wir gehen davon aus, dass es sich nur um einen dummen Zufall handelt, nicht aber um böswillige Absicht Ihrerseits, aus einem bereits angemeldeten Produkt Kapital zu schlagen. Daher fordern wir Sie auf, ab Erhalt dieses Schreibens keine weiteren Aufträge zur Herstellung dieses Produkts anzunehmen. Bei Zuwiderhandlungen wird für jeden Tag, an dem Sie dieses Produkt weiter anbieten, eine pauschale Schadenersatzzahlung in Höhe von zehntausend Pfund fällig.

Da es nicht unser Bestreben ist, Ihnen die geschäftliche Existenzgrundlage zu entziehen, bieten wir Ihnen an, das Produkt künftig in Lizenz herzustellen. Sollten Sie an einer Lizenz interessiert sein, melden Sie sich bitte am nächsten Montag, 13. August, um 10 Uhr in unserer Firmenzentrale. Sollten Sie nicht zu diesem Termin erscheinen, gehen wir davon aus, dass Sie nicht an einer Lizenzvereinbarung interessiert sind. In diesem Fall bleibt es Ihnen natürlich auch weiterhin untersagt, das Produkt anzubieten und herzustellen.“

Neil überflog den Rest, dann blätterte er weiter. „Aha. Das Schreiben an das Designamt ging am 18. Juli raus. Gut zu wissen. Und diese Zeichnungen hier hinten?“, fragte er, während er sich durch den Wust an Blättern arbeitete. „Entspricht das deinen Fingerhüten?"

„Die Angaben weichen alle um ein oder zwei Millimeter ab", sagte Fiona. „So, als hätte jemand einen meiner Fingerhüte vermessen, hier was weggenommen und da was draufgepackt, damit die Maße nicht identisch sind."

„Davon kann man ausgehen", stimmte Neil ihr zu. „Da diese Firma offenbar noch gar nichts produziert, sondern nur das Design angemeldet hat, wäre es auch sehr dumm von denen, deinen Fingerhut eins zu eins zu übernehmen. Dann wäre der Diebstahl offensichtlich, während du umgekehrt gar nichts klauen konntest, weil es keine Vorlage gibt."

„Großartig", murmelte sie. „Und ich kann jetzt einpacken. Die Leute kommen für ihre individuellen Fingerhüte her. Wenn ich denen erzähle, dass ich keine mehr liefern kann, dann bleiben alle weg und ich kann sehen, wie ich über die Runden komme." Als Neil nichts erwiderte, sagte sie: „Du kannst es ruhig sagen."

„Was sagen?"

„Dass du mich gewarnt hast."

Er zuckte mit den Schultern. „Warum soll ich dir etwas sagen, was du doch weißt."

„Du könntest mir Vorhaltungen machen, weil ich nicht auf dich hören wollte", sagte sie. „Du könntest mir sagen, dass ich eine dumme Kuh bin, weil ich mich über deinen Ratschlag hinweggesetzt habe."

„Erstens sind Kühe nicht dumm", erwiderte er schmunzelnd, „und zweitens habe ich kein Recht, dir Vorhaltungen zu machen. Ich habe dir eine Empfehlung gegeben, dir stand es frei, sie anzunehmen oder eben nicht anzunehmen. Mir ist aus deiner Entscheidung kein Schaden entstanden, also kann ich dir keine Vorhaltungen machen. Du hast als Geschäftsfrau bis jetzt keine schlechten Erfahrungen gemacht, also hattest du auch keinen Grund mit etwas Negativem zu rechnen. Beim nächsten Mal wirst du dich anders entscheiden."

„Beim nächsten Mal? Ich bezweifle, dass ich ein zweites Mal eine so gute Geschäftsidee haben werde." Sie saß in sich zusammengesunken auf ihrem Stuhl und seufzte frustriert. „Und jetzt? Was passiert jetzt?"

„Wir fahren am Montag zu diesem Laden und nehmen den Termin wahr", erklärte Neil wie selbstverständlich."

„Warum?"

„Weil sie dir eine Lizenz anbieten, und weil ich wissen will, welche Konditionen sie dir vorschlagen."

„Bestimmt von der Sorte, dass ich mit ein paar Pence abgespeist werde, während sie den Großteil für sich behalten", sagte sie.

„Das werden wir dann ja sehen", meinte Neil und machte einen recht unbekümmerten Eindruck.

„Weißt du irgendwas, was ich nicht weiß?", erkundigte sie sich schließlich.

Er zog die Augenbrauen zusammen. „Schwierige Frage. Da ich nicht weiß, was du alles weißt, kann ich dir darauf keine Antwort geben."

Sie sah ihn forschend an. „Du hast doch irgendwas vor. Du hast irgendeinen Trumpf im Ärmel, gib es zu, Mr Pokerface."

„Ja, ich habe was vor", sagte er nach kurzem Zögern. „Lass uns heute Abend essen gehen."

„Denkst du eigentlich auch mal an was anderes als daran, mit mir zu Abend zu essen?", wollte sie wissen.

„Ist das … eine Fangfrage?"

„Nicht dass ich wüsste. Also?"

„Ich denke auch an was anderes, aber das würde dann eher in die Kategorie ‚Verbindlich' fallen", sagte er und zwinkerte ihr zu. „Und du hast klar zu verstehen gegeben, dass es zwischen uns unverbindlich bleiben soll."

Sie musste unwillkürlich grinsen. „Wenn du an das denkst, woran ich gerade denke, dann würde ich das nicht so zwingend in die Kategorie ‚Verbindlich' einsortieren."

„Nicht?" Er sah sie interessiert an.

Sie nickte bestätigend. „Allerdings wirst du sicher verstehen, dass mir angesichts dieser Bescherung hier momentan der Sinn nach gar nichts steht, was unter normalen Umständen eine angenehme Abwechslung wäre."

„Das kann ich sehr gut verstehen", sagte er. „Lass uns erst mal den Montag hinter uns bringen, dann sehen wir weiter, okay?"

„Okay", erwiderte sie. „Danke für dein Verständnis."

„Nichts zu danken, Fiona. Sehen wir uns lieber mal an, was *GoldenFutureInc* für ein Laden ist. Und wer dieser Mr Jeffreys ist, der dir so nett geschrieben hat." Er klappte seinen Laptop auf und fuhr ihn hoch, Augenblicke später war er online. „Dann wollen wir mal … *GoldenFutureInc* … Martin Jeffreys … Ah, da haben wir schon was. ‚Unternehmer Jeffreys übernimmt die Geschäftsführung bei *GoldenFutureInc*'. Mal sehen, was denn der Artikel uns über ihn erzählt." Er drehte den

Laptop so, dass Fiona den Bildschirm ebenfalls sehen konnte.

Als das Foto des Mannes mitsamt seiner Familie auf dem Monitor auftauchte, wollte Fiona ihren Augen nicht trauen. „Den Kerl kenne ich doch!", rief sie ungläubig.

„Woher kennst du Jeffreys?", wollte Neil wissen.

„Aus meinem Laden", sagte sie. „Jeffreys war hier! In meinem Laden! Da bin ich mir absolut sicher!"

„Wenn das stimmt, dann wäre seine Behauptung falsch, dass er aus dem Zeitungsartikel von den Fingerhüten erfahren hat", überlegte Neil. „Aber warum schreibt er dann nicht, dass er sie hier gesehen hat?"

„Ich glaube, das kann ich dir beantworten", erwiderte Fiona. „Warte kurz." Sie stand auf, ging zum Scanner und tippte auf das Display. Nach gut drei Minuten rief sie: „Hier ist er!"

Neil kam zu ihr und sah sich das Foto auf dem Display an. Dann nickte er bedächtig. „Das ist er ganz eindeutig. Der Mann hat den gleichen Fleck auf der Stirn wie der in dem Artikel. So wie Gorbatschow."

„Und jetzt kommt die Überraschung", sagte Fiona. „Das da ist nämlich der Scan für den zweiten Fingerhut, also sehr wahrscheinlich der Fingerhut, den seine Firma als Grundlage für die Anmeldung genommen hat."

„Und was ist mit dem Scan für den ersten Fingerhut?"

Sie tippte auf das Display, diesmal waren zwei Köpfe zu sehen. Jeffreys und der einer jungen blonden Frau mit zweifellos aufgespritzten Lippen, die höchstens Mitte zwanzig war.

„Wer ist das?", fragte er.

„Na, wenn ich das Foto da drüben sehe, ist es weder seine Frau noch eine von seinen drei Töchtern", sagte sie. „Die beiden hatten sich wie ein verliebtes Paar benommen, das ein paar Tage Urlaub am Meer macht." Sie sah auf die Daten auf dem Display. „Der Scan wurde am 16. Juli durchgeführt, und ich habe die beiden Fingerhüte später am Abend noch zum *Hotel On The Rocks* gebracht. Ich sollte sie am Empfang abgeben und sagen, dass sie für Zimmer 42 sind, weil sie beide am Dienstag früh abreisen mussten und sie nicht warten konnten oder wollten, bis ich den Laden aufmache."

„Dann hat Jeffreys den einzelnen Fingerhut am 17. Juli zur Arbeit mitgenommen und herumgezeigt, und weil alle davon angetan waren, haben sie gleich am nächsten Tag das Design schützen lassen." Neil ging zurück zum Tisch und machte ein paar Notizen auf seinem Block, ohne den er anscheinend nie das Haus verließ. „Dann sollten wir dem Hotel einen Besuch abstatten und versuchen, eine Bestätigung für seine Identität zu erhalten."

„Wir haben doch den Scan", wandte sie ein.

„Scans lassen sich bearbeiten, Dateien können unter einem anderen als dem tatsächlichen Datum gespeichert werden. Jeffreys könnte abstreiten, die Person auf diesem Scanbild zu sein, und behaupten, dass der Fleck auf der Stirn nachträglich eingesetzt wurde, um ihn zu belasten."

Morgan Humphreys vom *Hotel On The Rocks* trat händeringend von einem Bein aufs andere, nachdem Fiona und Neil das Hotel aufgesucht und ihn nach Martin Jeffreys gefragt hatten. „Fiona, Sie müssen verstehen, dass Diskretion das A und O in einem Hotel ist", sagte er ausweichend. „Ich kann nicht jedem Auskunft darüber geben, wer hier übernachtet."

„Sie sollen auch nicht jedem Auskunft geben, sondern nur mir, Morgan", redete Fiona auf ihn ein. „Dieser Mann hat mir meine Idee geklaut, und jetzt will er mir auch noch meine Existenzgrundlage wegnehmen. Ich muss wissen, ob sein Name Martin Jeffreys ist. In meinem Laden hat er mir keinen Namen genannt, ich sollte nur sagen, dass die Fingerhüte für Zimmer 42 sind. Wer hatte in der Nacht vom 16. auf den 17. Juli das Zimmer 42?"

Morgan rief den Belegungsplan auf. Augenblicke später sagte er: „Mr und Mrs Smith."

„Und das nehmen Sie ihm ab?"

„Mr ... Smith kommt schon seit Jahren in mein Hotel", erklärte er.

„Und jedes Mal mit einer anderen Mrs Smith, nehme ich an", sagte sie und erhielt sofort die Bestätigung, als sie sah, wie Morgan die Lippen zusammenpresste.

„Fiona, glauben Sie mir, ich kann Ihnen seinen Namen nicht sagen, weil ich ihn wirklich nicht weiß. Als er das erste Mal herkam, gab er mir einen Umschlag mit einer großzügigen Summe, verbunden mit der Anweisung, ihn nie nach seinem Namen zu fragen und ihn nur als Mr Smith zu führen und auch sonst keine Fragen zu stellen."

„Das hilft mir nicht weiter."

„Na ja ... ich nehme ja an, wenn mein Mr Smith tatsächlich Ihr Mr Jeffreys ist und wenn er tatsächlich Ihre Idee geklaut hat, wird er sich wohl ohnehin nicht mehr hier blicken lassen. Ich könnte Ihnen vielleicht weiterhelfen ..."

„Und wie soll das geschehen? Haben Sie seine Telefonnummer? Sein Kennzeichen?"

Morgan schüttelte den Kopf. „Eine Telefonnummer habe ich nicht, und er hat sich immer von einem Fahrdienst bringen und abholen lassen, der wohl irgendwo an einem Flughafen auf ihn gewartet hat. Aber nach jeder Übernachtung sollte ich eine Rechnung an eine bestimmte Firma schicken. Ich weiß nicht, was es mit dieser Firma auf sich hat, auf jeden Fall wurde jede Rechnung anstandslos und schnell bezahlt."

„Und Sie werden uns verraten, an wen Sie die Rechnung geschickt haben?"

Morgan nickte und tippte auf seiner Tastatur, dann begann der Drucker zu rattern. Er legte ihnen das Blatt hin.

„*GoldenFutureInc*", las Neil ungläubig vor. „Zu Händen Mr Jeffreys. Nicht zu fassen. Der Kerl vergnügt sich hier mit seiner Sekretärin, betrügt seine Frau, lässt die Firma für das Hotelzimmer bezahlen und setzt die Kosten auch noch von der Steuer ab. So dreist muss man erst mal sein."

„Danke, Morgan", sagte Fiona und lächelte ihn an.

„Sie müssen mir nicht danken. Soweit ich weiß, hat sich jemand in meinen Computer gehackt und alle meine Daten kopiert. Wie diese Rechnung zu Ihnen gekommen sein soll, kann ich mir nicht erklären", gab er mit Unschuldsmiene zurück.

„Vermutlich war es die Hand Gottes, die die Tastatur bedient hatte", meinte Neil beiläufig und nickte Fiona zu, dass sie gehen konnten.

Das Büro von *GoldenFutureInc* war in etwa so großspurig, wie Fiona es von einem Unternehmen erwartet hatte, dessen Hauptaufgabe es war, in Projekte zu investieren, die lukrativ erschienen und schnell Gewinn abwarfen. Dass es dabei wohl nicht immer ganz legal ablief, dafür war Fionas akute Situation der beste Beweis. Sie war sich sicher, dass man auch bei anderen Leuten mit vielversprechenden Ideen so rücksichtslos vorging und sich alles unter den Nagel riss, was man bekommen konnte. Wer sollte schon gegen solche Typen vor Gericht ziehen? Ein Prozess würde ein Vermögen kosten, und am Ende würden die Lügner und Betrüger ja doch gewinnen.

Deshalb fragte sie sich seit letzter Woche, wie Neil diese Typen auffliegen lassen wollte. Nur aus diesem Grund war sie überhaupt mitgekommen, ansonsten wäre ihr diese Lizenzsache völlig egal gewesen, weil sie am Ende wahrscheinlich sogar noch draufgezahlt hätte, da es im Vertrag ganz bestimmt irgendeine verdrehte Klausel gab.

Stahl, Glas und Marmor prägten den Eingangsbereich von *GoldenFutureInc*, und nachdem die Frau am Empfang sie und Neil hatte passieren lassen, ging es im gleichen Stil weiter, bis sie Mr Jeffreys' Büro erreicht hatten.

Das war zu ihrem Erstaunen so eingerichtet, als wäre es das Arbeitszimmer in einem alten Herrenhaus draußen auf dem Land. Jeffreys – eindeutig der Mann, der bei ihr gewesen war und für die beiden Fingerhüte Modell gesessen hatte – hob den Kopf und begrüßte sie zwar freundlich, jedoch ohne aufzustehen und um den klobigen Schreibtisch herumzukommen. Kein Handschlag, nichts. Stattdessen von der ersten Sekunde an eine psychologische Machtdemonstration mit der klaren Aussage, dass sie und Neil nur hier waren, um zu nicken und zu allem Ja zu sagen.

Neil sah sie kurz an und zwinkerte ihr zu, und wieder fragte sie sich, was er wohl vorhatte.

„Sie möchten also auf unseren Vorschlag eingehen“, begann Jeffreys ohne Vorrede, so als könnte er seine Besucher gar nicht schnell genug wieder loswerden, „und die personalisierten Fingerhüte als Lizenzprodukt weiter herstellen.“

„Wir möchten erst einmal wissen, welche Konditionen Ihnen vorschweben, Mr Jeffreys“, erwiderte Neil freundlich.

„Hatten wir Ihnen die nicht geschrieben?“, fragte Jeffreys, schüttelte den Kopf und grummelte etwas vor sich hin. „Also ... Sie werden fünf Prozent vom realisierten Nettogewinn jedes verkauften Fingerhuts erhalten. Wir ...“

Fiona wurde blass. „Fünf Prozent?“, wiederholte sie.

„Vom realisierten Nettogewinn“, ergänzte der Mann und klang ein wenig ungehalten, wohl weil sie ihn unterbrochen hatte. „Um einen Verkaufspreis halten zu können, den noch genug Kunden bezahlen wollen, kalkulieren wir mit drei und fünf Pence Nettogewinn pro verkauftem Fingerhut.“

„Sie wollen mich mit weniger als einem halben Penny abspeisen?“

„Pro Fingerhut, und je mehr Sie verkaufen, umso lukrativer für Sie“, fuhr der Mann ungerührt fort. „Wir gehen davon aus, dass wir etwa nach sechs Monaten erstmals Gewinne machen werden. Dann ...“

„Augenblick mal", fiel sie ihm erneut ins Wort. „Wenn Sie in den ersten sechs Monaten keinen Gewinn machen, dann gibt es doch auch keinen realisierten Nettogewinn. Also bekomme ich in den ersten sechs Monaten überhaupt nichts?"

„Das ist richtig", bestätigte Jeffreys in einem Tonfall, als wäre es völlig normal, kein Geld zu bekommen. „Aber Sie tragen nicht das unternehmerische Risiko, das wir tragen. Sie machen lediglich keinen Gewinn, aber Sie verlieren auch kein Geld."

„Seltsame Logik", merkte Neil an.

„Daran ist gar nichts seltsam, das ist eine ganz normale Praxis", beteuerte der andere Mann.

„In Ausbeuterbetrieben vielleicht", konterte Neil, aber Jeffreys ging darüber hinweg und wandte sich wieder an Fiona: „Außerdem verpflichten Sie sich, monatlich fünfhundert Fingerhüte zu verkaufen. Verfehlen Sie die Sollvorgabe, werden pro nicht produziertem Fingerhut fünf Pfund Konventionalstrafe fällig. Das ..."

„Bitte was?", rief sie aufgebracht. „Ich bekomme ein halbes Jahr kein Geld, und wenn ich statt fünfhundert Fingerhüte nur dreihundert verkaufe, muss ich Ihnen ... eintausend Pfund Konventionalstrafe zahlen?"

„So dürfen Sie das nicht sehen", sagte Jeffreys in einem bemutternden Tonfall. „Das Wort Strafe klingt immer ganz schrecklich. Im Grunde geht es nur darum, einen Anreiz zu schaffen, ein Produkt zu verkaufen, anstatt auf der faulen Haut zu liegen und darauf zu warten, dass jemand vorbeikommt, der etwas kaufen will."

„Das ist ... unverschämt!", sagte Fiona.

„Es ist unser Angebot an Sie, Miss Freeman", erwiderte Jeffreys. „Sie müssen es nicht annehmen, aber dann dürfen Sie auch nicht länger die personalisierten Fingerhüte verkaufen."

„Neil, lass uns gehen", sagte sie und wollte aufstehen.

Aber er hielt sie zurück. „Wir sind noch nicht fertig."

„Wir können doch mit dem, was wir haben, gar nichts ausrichten", beharrte sie. Dieser Kerl hinter seinem protzigen Schreibtisch war ihr so zuwider, dass sie ihn nicht mal mit dem Fingerhut und der Hotelrechnung konfrontieren wollte, weil er das genauso lässig beiseitewischen würde wie alles andere auch.

„Oh, ganz im Gegenteil", sagte er. „Mr Jeffreys hat eine interessante Grundlage für den Lizenzvertrag geschaffen, den wir ihm anbieten werden und bei dem er gar nicht anders kann als zuzustimmen."

Nicht nur Fiona sah ihn verständnislos an, auch Jeffreys konnte seinen Worten nicht folgen.

„Mr Jeffreys, meine Mandantin bietet Ihnen an, ihre personalisierten Fingerhüte in Lizenz herzustellen und zu vertreiben", begann Neil. „Sie verpflichten sich anfangs zu einer Mindestproduktionsmenge von zehntausend Fingerhüten im Monat, pro Fingerhut führen Sie dabei fünfzig Pence netto an Miss Freeman ab – unabhängig davon, wie viele Fingerhüte Sie tatsächlich produziert haben. Produzieren Sie weniger, erhöht sich Miss Freemans Lizenzgebühr im nächsten Monat um zehn Pence pro Fingerhut. Betrachten Sie es als kleinen Ansporn, sich intensiv um den Verkauf zu bemühen", fügte er mit einem spöttischen Lächeln an.

„Und warum sollte ich mich auf so etwas einlassen, wenn wir diejenigen sind, die den Designschutz haben?", fragte Jeffreys sichtlich belustigt.

„Aus einem ganz einfachen Grund", sagte Neil und legte ein Blatt nach dem anderen auf den Tisch. „Miss Freeman hatte die Idee zu einem personalisierten Fingerhut am 27. Juni, am Tag darauf hat sie mich gebeten, die Idee beim Designamt anzumelden, was von mir noch am selben Tag per Einschreiben, per Mail und per Fax erledigt wurde. Natürlich mit allen Unterlagen, die das Amt verlangt. Wie Sie sehen können, wurde der Eingang vom Amt inzwischen auch bestätigt. Ihr Antrag vom 18. Juli wurde wahrscheinlich noch nicht bearbeitet. Wir wissen ja alle, wie langsam Ämter manchmal arbeiten. In den nächsten Tagen werden Sie ganz sicher Ihren Antrag mit dem Vermerk zurückerhalten, dass ein solches Design bereits geschützt ist und von Ihnen nicht verwendet werden darf."

Jeffreys sah auf die Kopien, die Neil ihm gegeben hatte, und ballte die Fäuste, als müsste er sich zwingen, keinen Wutanfall zu bekommen. Er atmete ein paar Mal tief durch, dann sagte er in angestrengtem Tonfall: „Nun, wie es aussieht, haben wir unsere Idee zu spät schützen lassen. Das ist zwar bedauerlich, aber das können wir verschmerzen. Miss Freeman, vergessen Sie bitte das Schreiben, das Sie von uns erhalten haben. Ich werde veranlassen, dass heute noch eine schriftliche Bestätigung an Sie rausgeht, dass uns ein schwerer Irrtum unterlaufen ist, für den wir uns in aller Form bei Ihnen entschuldigen möchten."

Fiona saß da und konnte es nicht fassen, was gerade eben passiert war. Das war also der Trumpf gewesen, den Neil im Ärmel hatte. Natürlich könnte sie sich darüber aufregen, dass er sich über sie hinweggesetzt hatte, aber wenn sie es sich genau überlegte, stimmte das nicht mal. Sie hatte den Antrag nicht stellen wollen, weil es ihr zu viel Arbeit war. Er hatte sich diese Arbeit an ihrer Stelle gemacht, weil er gewusst hatte, dass jemand wie Jeffreys kommen könnte, um ihr ihre Idee wegzunehmen.

Am liebsten wäre sie ihm jetzt sofort um den Hals gefallen, aber das konnte sie nicht machen.

„Schön, dass wir das so schnell und problemlos klären konnten", sagte Neil. „Kommen wir zurück zu unserer Lizenzvereinbarung ..."

„Was glauben Sie, was mich die noch kümmert?", fuhr Jeffreys ihn an. „Ihre Mandantin hat Glück gehabt. Was wollen Sie noch mehr?"

„Ich will, dass Sie den Lizenzvertrag abschließen", machte Neil ihm klar und holte den Fingerhut aus der Hemdtasche. Er stellte ihn auf den Schreibtisch, dann sahen er und Fiona zu, wie Jeffreys vor Wut hochrotes Gesicht so schlagartig bleich wurde, dass sie fürchten mussten, er könnte jeden Moment ohnmächtig werden. „Wir können nachweisen, dass Sie am 16. Juli mit dieser blonden jungen Frau in Crescent Bay waren, die eindeutig nicht Ihre Ehefrau ist. Ich kann gerne bei Ihrer Frau nachfragen, ob sie weiß, wer diese Dame ist, mit der Sie als Mr und Mrs Smith im *Hotel On The Rocks* übernachtet haben – hinter dem Rücken Ihrer Frau, auf Kosten Ihrer Firma und auf Kosten der Steuerzahler. Und das nicht nur einmal, sondern seit Jahren und dutzendfach." Er ließ eine Kopie der Hotelrechnung über den Schreibtisch gleiten, bis sie vor Jeffreys liegen blieb.

„Sie erpressen mich?", fragte der Mann und schaffte es tatsächlich, einen Hauch von Empörung in seinen

Tonfall einfließen zu lassen, so als könnte er das alles immer noch mühelos aus der Welt schaffen.

„Keineswegs, das ist nur ein kleiner Ansporn, das Richtige zu tun, um Wiedergutmachung für all Ihre Fehltritte zu leisten", antwortete Neil lächelnd. „Es sei denn, Sie wollen eine kostspielige Scheidung in Kauf nehmen. Und den Verlust Ihres Geschäftsführerpostens in diesem Haus hier, für das Sie untragbar geworden sind. Und wenn dann noch die eine oder andere Zeitung darüber berichtet, dass *GoldenFutureInc* von einer jungen Geschäftsfrau zu Beginn ihrer Karriere in die Knie gezwungen wurde, dann bedeutet das unter Umständen einen so großen Imageschaden, dass Sie vielleicht sogar mit einer heftigen Schadenersatzforderung rechnen müssen." Er zwinkerte dem Mann hinter dem protzigen Schreibtisch. „Sie haben die freie Wahl."

Als sie eine Stunde später zu Neils Wagen zurückkehrten, der auf dem Besucherparkplatz von *GoldenFutureInc* stand, hielt Fiona die Mappe an sich gedrückt, in der sich der Lizenzvertrag befand, den sie Mr Jeffreys abgerungen hatten. Vermutlich würde er ihr auf den ersten Blick wenig mehr einbringen als die eintausend Pfund Konventionalstrafe für jeden Monat, in dem das Unternehmen keine Fingerhüte produzierte. Der Anteil, den sie ihr bei einer tatsächlichen Produktion zahlen mussten, machte das ganze Projekt wahrscheinlich unrentabel – also genau das, was sie ihr mit dem ursprünglichen Lizenzvertrag hatten antun wollen.

Ihr war das nur recht, denn mit jedem Tag, an dem es keine Konkurrenz auf dem Markt gab, konnte sie daran arbeiten, ihr Angebot auszuweiten und nach dem

Vorbild der Crescent-Bay-Fingerhüte noch mehr eigene Motive auf den Markt zu bringen und sich weit über Crescent Bay hinaus einen Namen zu machen.

„Warum hast du mir eigentlich nicht vorher gesagt, dass du meine Idee längst als Design gemeldet und geschützt hattest?", wollte sie wissen, als sie eingestiegen waren.

„Weil ich Jeffreys einen richtigen Tiefschlag versetzen wollte, der ihn in die Knie zwingt", sagte Neil. „Da du nicht wusstest, dass dieser Jeffreys eigentlich gar nichts in der Hand hatte, hast du eine Mischung aus Verzweiflung und Resignation ausgestrahlt. Das wäre nicht so überzeugend gewesen, wenn du es nur vorgespielt hättest. Dann hätten wir genauso gut mit einem Brief und einer Kopie der Meldung antworten können, und das Ganze wäre erledigt gewesen. Aber Jeffreys hat diesen Schlag ins Gesicht gebraucht und auch verdient, und den konnten wir ihm nur verpassen, wenn er davon überzeugt war, dass er alle Fäden in der Hand hielt."

„Bis wir ihm jeden einzelnen Faden durchgeschnitten haben", fügte Fiona hinzu.

„Nimmst du es mir übel, dass ich dich im Dunkeln gelassen hatte?", fragte er zögerlich.

„Warum sollte ich dir das übel nehmen?", gab sie zurück.

„Weil ich über deinen Kopf hinweg entschieden und deine Idee gemeldet hatte, obwohl du es nicht wolltest."

„Du bist mein Anwalt, es ist doch deine Aufgabe, in meinem besten Interesse zu handeln", sagte sie und lächelte ihn an. „Und jetzt lass uns fahren. Ich muss unbedingt ins Geschäft."

„Wieso hast du es so eilig?", fragte er verwundert.

„Weil ich meinem Chef meine Kündigung schicken will", erklärte sie. „Er war so nett, mir unbezahlten Urlaub zu geben, dann soll er jetzt so bald wie möglich erfahren, dass er eine Nachfolgerin für mich suchen muss. Ich bleibe nämlich definitiv hier."

„Das höre ich gern", sagte er und ließ den Motor an. „Was dagegen, wenn ich dich zur Feier des Tages wieder zum Essen einlade?"

Sie schüttelte den Kopf.

„Dann können wir auf deinen Erfolg anstoßen", redete er weiter und fuhr los, „und auf eine noch rosigere Zukunft für Fionas fanatische Fingerhüte."

Epilog

„... und damit kann ich nur noch anfügen: Herzlich willkommen in Crescent Bay", sagte Jimmy vom Coffeeshop *Mr Cocker* wenige Tage später auf der Versammlung der Geschäftsleute von Crescent Bay, die außerplanmäßig in Fionas Fingerhutladen stattfand, weil sie alle wissen lassen wollte, welchen Sieg sie errungen hatte und dass sie auf Dauer im Dorf bleiben würde.

„Danke, vielen Dank", antwortete Fiona gerührt, während sie nach einer Plastikbox griff, die in etliche kleine Fächer unterteilt war. „Eine Kleinigkeit habe ich auch noch für jeden von euch." Aus dem ersten Fach holte sie einen Fingerhut, den sie Penny gab. „Das ist für dich, ein 3D-Modell deines Pfannkuchenlokals."

„Liebling, Fiona hat mein Pfannkuchen-Paradies geschrumpft!", rief Penny mit gespieltem Entsetzen, während Fiona den nächsten Fingerhut aus der Box nahm und ihn Sally vom Süßigkeitenshop gab.

„Also, davon würde ich dir direkt eine ganze Palette abnehmen, um sie bei mir im Laden zu verkaufen", sagte Sally begeistert.

„Leute, ich glaube, ich habe eine bessere Idee", warf Imbissbetreiber Michael ein. „Jeder, der in einem Geschäft für zehn oder fünfzehn Pfund einkauft, bekommt von dem jeweiligen Geschäft einen Fingerhut geschenkt. Wer alle Läden zusammen hat, kann dann zu Fiona gehen, die Sammlung vorlegen und bekommt exklusiv bei ihr ein Diorama von Crescent Bay, das Platz für die komplette Sammlung hat. Was haltet ihr davon?“

„Was wir davon halten?“, erwiderte Penny, drehte sich zu Fiona um und forderte sie grinsend auf: „Worauf wartest du denn noch? Gib unsere Fingerhüte in Auftrag. Zeit ist Geld. Hopp, hopp!“

„Zu Befehl“, antwortete Fiona amüsiert und griff nach dem Telefon. Erst mal würde sie den neuen Auftrag weitergeben, und irgendwann würde sie auch noch dem Schaufenster neue Buchstaben spendieren, um die beiden Fehler loszuwerden. Irgendwann ...

ENDE